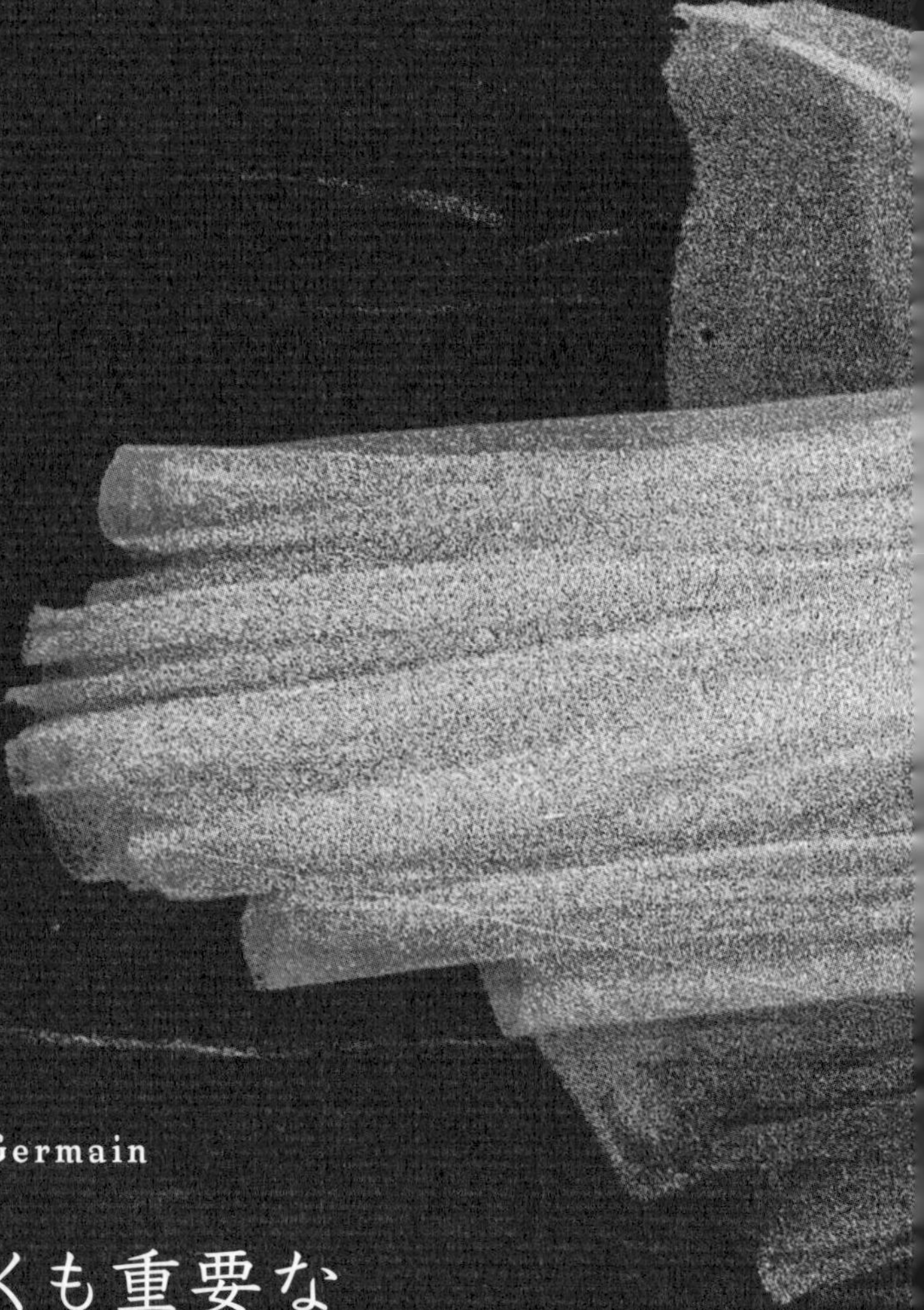

Sylvie Germain

# 小さくも重要ないくつもの場面

シルヴィー・ジェルマン
岩坂悦子［訳］

白水社
EXLIBRIS

# 小さくも重要ないくつもの場面

カトリーヌ・レプロンの思い出に

わたしは誰？　ずっと前から
何度かわたしはほんのすこし近づいたことがある
「わたし」というものに、「わたし」というものに、
「わたし」というものに。

だが「わたし」を見つけた途端、
「わたし」は消えて穴があき
その穴にわたしは落ちるのだ、アリスのように。
　トーマス・トランストロンメル『合致と痕跡』

時間はまっすぐの線上にはなく、
むしろ迷宮のようで、壁によりかかると、
それもいい場所だと、駆ける足音と声が聞こえ、
それが通り過ぎていくのが聞こえる、
あっちに、反対側に。
　トーマス・トランストロンメル『未開の地』

装丁　緒方修一
カバー写真　Maarten Vanden Abeele

1995年ヴッパータールにて、ピナ・バウシュ振付の
『ヴィクトール』に出演するルース・アマランテ。

# 1

「これは、だあれ？」

もう何十回も耳にしてきた質問だ。一枚の写真を前にした祖母にお約束のように問いかけられる、うわべだけのなぞなぞ。漆黒の木の額縁に入ったその白黒写真には、ベッドに座る若い女性と、その肘に抱かれる新生児が写っている。質問で訊いているのは女性のほうではなく、腕のなかの乳呑み児のほうだ。この母親に関しては、誰もなにも言わないし、写真を見ながら軽口がたたかれることもない。触れてはならない存在なのだ。明らかな証拠でもありながら明かせぬ謎でもある。

「わたしよ！」と少女は叫ぶ。――「わたしって、だああれ？」と祖母が〝あ〟の音を高く引きのばしながら尋ねる。――「わたしよ、リリイイイ！」

これがお決まりのやりとり。ちょっぴり甲高い、答えのわかったふたつの短い質問。いつもおなじ調子で発せられるのに、毎回なにか驚きや、さらには新しい発見でもあるかのようなのだ。

実際、リリにとってはいつも驚きがあった。母親の肘のなかにおさまったセルロイド人形のような自分自身をそこに見ると。とても自分だとは思えず、その人形と自分とのあいだに現実的なつながりを見出すことができない。手を叩き、笑い声をあげるが、笑いながらもかすかな違和感をおぼえることもある。本当にこれはわたしなの？　こんなに急に大きさも見た目も変わるの？

この単純な遊びを、リリはときどき鏡の前でロザという名の人形を相手に、ひとりふた役でやってみる。すると、違和感がなく笑いがあふれる。鏡に映るふたりの姿には曖昧なところがなく、それぞれがしかるべき場所におさまっている。人形のほうは動くことも話すこともなく、生きているほうが動き、話す。

「これは、だあれ？」

ある日、リリは約束をやぶる。お決まりのやりとりを台無しにし、いつもの答えの代わりに突然質問をぶつけて、遊び相手を面食らわせる。「ねえ、前は、わたしはどこにいたの？」――「前？……なんの前?!」――「だから、これの前よ！」とリリは指を写真に押しつけながら答える。「つまり……生まれる前ってこと？　それはだから、ママのおなかのなかにいたのよ」――「ちがうよ、前！おなかの前！」そうなると、祖母のナティはお手上げだ。かつてこの疑問が脳裏をよぎったことがあったかもしれないが、もうあまりにも昔のことで忘れてしまい、リリの前で成す術《すべ》がないままでいる。いずれにせよ、幼い孫娘に性の神秘について話したり、卵子と精子がどんなふうにして受精するかについて説明したりするつもりはない。もっとも、そうしたくてもできなかっただろう。そしてその日こんなふうに、すこし意固地になって、不安そうな顔で質問をまくしたてるリリのほうだって、説明されたところでなにひとつわからなかっただろう。それどころか、さらに質問を重ねていたかもしれない。「ちがう、前、もっと前！」と。

どこまで遡《さかのぼ》りたいのだろう？　太古の闇まで、あるいは天地創造まで？　ナティは話題を変え、べつの話をしてごまかす。この作戦はうまくいくが、「わたしって誰？——リリ！」の好奇心が消えることはない。ただ宙ぶらりんの状態に置かれ、前進するための道筋がひとつも見出せないまま途方にくれるばかりだ。

リリの好奇心を導く道筋を、大人たちはたいていほとんど示してくれない。それどころか、わずかにでも見えようものなら、急いで隠そうとさえする。そこは、子供にはあまりに広すぎるし危険もいっぱいで、道に迷いやしないかと心配なのだ。とりわけ大人たちは、手がかりを与えてくれそうな、わかりやすく適切な言葉を見つけることを面倒くさがる。そのため、リリはなにもわからないまま信じるしかなく、漠然とした不安がいつまでも消えない。

前はどこにいたの？　そしてどんなふうだったの、なにに似ていたの？　なんだったの？　誰だったの？……この鈴なりの疑問がときどき頭のなかでぐるぐる回り、虚空のなかで鳴り響く。やがて鈴は虚しく鳴りつづけることに疲れ、静まる。そして眼前の現在が、大きかったり小さかったり、明瞭だったりとらえどころがなかったりする驚きでますますいっぱいになっていき、起源についての悩みを忘れさせる。だが、例の写真がふたたびリリの興味と悩みのありかを変える。ある日、リリは写真を額から取りはずし、虫めがねで注意深く見てみる。母親は枕を背にすっと上体を伸ばして座っている。襟とギャザーの入った袖口に花柄模様のついた綿の部屋着を着ている。ヘアバンドを巻き、髪をうしろに垂らしているので額があらわになり、卵形の顔のかたちが際立っている。目は隈のせいで暗い。視線は生まれたばかりの赤ん坊には向けられておらず、虚空を見すえているようだ。落ち着いた様子で、微笑みを浮かべている。

大きな水たまりのような光がベッドのうしろの壁に広がっている。リリはずっと、この光は母親の微笑みからあふれ出しているのだと思いこんでいた。それはたんに、彼女が生を受けたばかりの夏の日の朝の光が、カーテンの隙間から射しこんでいるにすぎなかった。彼女はやや不恰好な白い包みでしかなく、小っちゃくてこわばった横顔と、頭のてっぺんで羽冠のように逆立つひと房の髪の毛がかろうじて見えるばかりだ。

リリが知っている母の写真はこの一枚だけである。母が父と生後十一カ月のリリを捨てたときに、父が結婚式の写真からなにから、妻が写った写真はぜんぶ捨ててしまったのだ。母がどこへ、そしてなぜ出ていったのか誰も教えてくれなかった。たぶん誰も知らないのだろう。出ていってから三年後に突然亡くなったときの詳しいいきさつについてはなおさらである。母は海で溺死したとされた。遺体は発見されず、海が母の墓となった。その日、父から、その知らないけれど胸のうずくような親しみをおぼえる人、ゆるぎない忍耐強さでもってずっとその帰りを待ちわびていた人の死を知らされると、リリはなにも言わず、なにも訊かず、ブランコのところまで駆けていって、息が切れるまでブランコをこいだ。

## 2

翼の代わりに脚をつかう奇妙な鳥になって、リリは飛ぶ。腰をつかい、不規則なリズムで脚を伸ばし、曲げながら、飛ぶ。前へ、後ろへ、迷いながらも大胆な鳥になって飛ぶ。これらのふたつの動きが彼女を魅了し、酔わせる。どぎつい黄色の穴がちりばめられた丸天井のしたで、黄色い斑点でいっぱいの灰色の大きな円のうえで。この円はかたちが歪んでいて、すこし揺れている。頭をうしろに反らしながら飛ぶと、光で目がチカチカする。地面のほうに頭をかたむけると、虚無の不安に襲われる。無重力の体のしたで揺れているこの灰黒色の円が、本当は彼女をいまにも飲みこもうとしている深淵の口だとしたら?

この脅威に打ち克つために、霧と光につつまれた球体のなかを彼女はまっすぐ前へ、後ろへと全力で揺れて、リズムさえも打ち壊す。脚を伸ばし、つま先をあげ、脚を曲げ、つま先をさげ、速く、もっと速く。こめかみにその速さを感じる。速さ、恐怖、歓喜を。

リリはマロニエの木のしたでブランコをする。巨大な植物の懐《ふところ》でブランコをこぎ、飛ぶ。生ぬるく甘い香りのなかを、荒々しくも軽快に揺れる。不揃いな七本指の無数の手のような楕円形の葉が、虚空のなかで震えている。ピラミッド形の花々が垂直に咲いており、虫が群がっている。乳の滴《したたり》のようなこの大きな白い花房は、なぜか滴り落ちるのではなく空に向かってぴんと立っている。太陽の斑点、蜂、そして円錐形の乳白色の花々が散りばめられた芳しい影のなかを飛び、こぎ、さまよう。しかし乳はそこら中にある。葉と葉の隙間から目をくらませるほどに勢いよくほとばしる。火の乳。

リリの顔は火照《ほて》り、ブランコの綱で手のひらが擦《す》りむける。スカートはふわっと持ち上がって花冠のように開いては、ビタっとまた腿を打ちつけるのをくり返す。ブランコの綱がきしむが、枝は丈夫だし彼女は軽いから平気だろう。花々の、太陽の、灰色の乳のなかを彼女はこぎ、泳ぎ、跳ねる。歓喜と虫の羽音が頭のなかでぶんぶんうなる。そして希望が生まれる。それがますます狂ったように大きくなっていき、やがて彼女の体はこの金色の光と花粉が舞いあがる乳白色の球体のなかに溶け込んでいく。そして体はこの混沌の外へと投げ出され、大空へ飛び出し、休むことなく飛び回る鳥のように果てしなく飛んでいく。光、光、大空！　リリは笑う。欲望、恐怖、そして歓喜が混ざり合ったつかみどころのない喜びに、頭がくらくらしながら。

この喜びは強すぎる。美が容赦なく降りそそぐ。葉のあいだから射しこむ太陽の光が収束して一筋の恐れとなり、リリの額とうなじに打ちつける。彼女の笑いは歪み、よじれ、壊れる。望みが引き裂かれる。リリは泣き叫ぶ。木の板のうえに倒れ、縮こまり、泣いてしゃくりあげる。もはや生気のない塊《かたまり》でしかない。ブランコは勢いを失い、揺れは吐き気をもよおさせるジグザグの動きと振動とともに徐々に遅くなっていく。リリはしばらく地面のうえに倒れたまま、太陽の染みが点在する灰色の、短く刈られた草のうえで体をまるめて寝転がる。木の根元でまるく広がる影からは、腐植土と埃と血のにおいがする。鼻血が出る。血が流れるのを見るのはこれがはじめてだった。そして死が脳裏をよぎったのもこのときがはじめてだ。血、母、死。彼女は、ねばねばとした饐《す》えた味に驚いている、自分には大きすぎる考えにとらわれたちっぽけな人間という動物だ。

# 3

動物たちの檻《おり》から聞こえてくる音に、幼いリリは魅了される。父とふたりで動物園の近くに住んでおり、彼女の部屋は大きな鳥小屋に面している。昼夜を問わず、鋭い鳴き声がわき起こり、空に響きわたる。籠に入れられている種々雑多な鳥たちは会話をしているのではなく、同時にあるいは交互に鳴き声を発しているのだ。鳴き声は甲高かったり、しゃがれていたり、悲しげだったり、がらがら声だったり、強いリズムのきいたものだったり、胸がうずくものだったりさまざまだ。いずれにせよ歌ってはいない。さえずりや美しいトリル、あるいはメロディーを奏でることはない。それぞれの種類、時間帯、はたまた苦悩に応じてわめいたり、鋭く鳴いたり、甲高い音を出したり、かあかあ鳴いたり、大声を出したり、ほうほう鳴いたりしているのだ。

鳥たちは飛ぶことを禁じられているため、リリの部屋から鳥たちを見ることはできない。彼らは切り落とされた太い枝のうえにとまったまま、たまに虚空で大きな翼を力強くばたつかせてみるものの、スペースが足りないせいですぐにまた休めてしまう。

鳥たちの鳴き声はリリの部屋まで入ってきて、彼女の耳のなかにすべりこんで巻きつき、夢のなかに浸透していく。ほかにも猛獣の檻から発せられる鳴き声も届いてはくるが、鳥にくらべてうんと弱い。それらの鳴き声には、ときどき獣《けもの》の汗と分泌物の強烈なにおいが入り混じっている。ねっとりとした、えぐい、頭の痛くなるようなにおいだ。

鳥たちの声。投獄された鳥たちの霧と錆の声。これらの声は、昼でも夜でもリリが寝るときの子守唄になっている。リリはこれらの声を聞くと怖がるどころか、むしろ落ち着く。奇妙だが親しみをおぼえるこのさまざまな声のなかでリリがとくに気に入っているのは、陰気でざらついたクジャクの声と、長いリボンのなめらかな衣ずれの音のように闇を波打つ、夜行性の猛禽たちの声だ。これらの声が、母の未知なる声の代わりになってくれる。リリに欠けていた、彼女が欲していた声。

捕らわれている大きな鳥たちの声は歌なんかではなく、阻まれている外へ向けて、近づくことのできないどこか彼方へ向けて発せられる凶暴な呼びかけである。リリはこの嘆きの滲んだ怒り声の呼びかけに耳をかたむけ、ときに痛ましいほどのやさしい声がするので、思わず泣きたくなってしまう。どうにかして彼らに返事をしたい、せめてなんらかの合図をしたいと思う。そこで、ときどき試してみる。ベッドのうえに立ち、両手で口をかこむ。「ウー、ウーウー……オン、アン、エオン、オン……」鳥たちには聞こえない。母にも聞こえない。リリの声は遠くまで運ばれない。鳥たちにも死者たちにも届かない。

鳥たちはたくさんのことを教えてくれる。姿は見えず、日がな一日格子のなかから空や木や風に呼びかけている鳥たち。禁じられた飛翔を混沌とした叫びに変えている鳥たち。鳥たちがもたらしてくれたものを言葉にすることはできないが、それが大切なものだということは確かだ。

はじまりの声、メランコリーや忍耐から、そして悲しみと恍惚のあいだで揺れ動く心の高ぶりから生まれた不確かな期待の声。父との孤独の声。

# 4

　ある日、父とふたりきりの孤独が終わりを告げる。父が再婚するのだ。再婚相手のヴィヴィアンは、〈パトゥ〉の元モデルで、大所帯を引き連れてやってくる。前の夫や恋人たちとのあいだに生まれた三人の娘たち、そのうちの二人は双子で、それと息子が一人いる。彼女は華やかで厳かな美人だ。背がすらりと高く、濃い茶色の髪、青白い肌、濃いマリンブルーの目、飛んでいるつばめを思わせる黒くて細い眉、つねに深紅色の口紅が塗られている大きな口。彼女が動くたびに、軽いタバコの甘い香りと、春の太陽ですこし弱まったさわやかな花の香りが広がる。

　皮肉にも、父とヴィヴィアンが出会ったきっかけはリリと双子だった。ある日の午後、父は公園のメリーゴーランドに乗りにリリを連れていってくれた。そしてメリーゴーランドが回っているあいだ、父はベンチに座って待っていた。彼はえんえん待つはめになった。というのも、娘があまりにも喜んでいるので、好きなだけ乗れる分のお金を払ってあげたのだった。金髪のたてがみの白馬や、黒い馬、ぶちの馬があり、どれもパレードさながら足をあげて反りかえっている。ほかにも、赤と金色のヘアネットをかぶった小さな灰色のゾウや、淡いピンク色のブタ、きれいな黒い瞳のキリンもあった。一回終わるごとにリリは乗り換えた。父がなぜこれほど気前がよく辛抱強いのか、まるで気づいていなかった。父の隣に座る茶髪のとびきりな美人の女性にも、その人が連れてきた末っ子たちにも、陽気な女騎手は見向きもしていなかった。

ヴィヴィアンの長女は、いまだに誰なのかわかっていない父親とのあいだに生まれ、長男もそれとはまたべつの人とのあいだに生まれており、それぞれ七つと四つリリより年上だ。双子はリリより一日はやく生まれただけなので、それからはリリの誕生日もごまかして、一日前倒してまとめて祝われることになった。本当の誕生日がやってきても、何事もなく過ぎていく。リリにとって、この四人組は贈物として授かった家族というよりも、押しつけられた厄介な団体という感じだった。この人たちが乱入してきたせいで、もっと広いアパルトマンに引っ越さなければならなくなり、したがって動物園のある地区を離れなければならなくなった。

リリは鳥たちと一緒にいられなくなり、彼女の眠りを奇妙さと安心でつつみこんでくれていた彼らのきれぎれの子守唄も奪われるはめになる。引っ越した日の夜、彼女は動揺して泣いてしまう。クジャクたちの悲しげな物憂さを思わせる嘆き声。双子たちは彼女をからかうが、父は慰めに来てくれない。彼にはリリの苦しみがわからなかったのだ。どれほど猛禽たちの声が、そしてにおいの充満した猛獣たちの声が彼女にとって大切だったのかを知らない。

# 5

新しいアパルトマンの廊下の奥にある父の書斎に入るには、まずドアをノックし、それから自分の名を名乗らなければならない。子供たちの声がみんな似ているからと言っているが、それは嘘だ。彼が聞き分けられるのは自分の娘、五年間唯一だった娘だけなのだ。それだけはできなければならない。しかし彼はリリと新しく来たほかの子供たちとのあいだに差をつけたくはなかった。つねに平等であることを気にしている。ついでに、彼は娘にきちんとしたマナーを教えたいと思っていた。

書斎のドアの上部は半透明の薄緑色の窓ガラスになっている。めいっぱい背伸びをしてつま先立ちしなければ、窓ガラス越しにこの部屋の主の姿、もっと正確に言えばデスクのうしろの父の上半身は見えない。

ある日の午後、リリは部屋のドアまで来て、あわただしく数回ノックする。急いで父に尋ねたいことがあるのだ。

「誰だい?」と父は訊く。――「わたしよ!」ってそんなのわかってるでしょ、わたしよ、あなたの本当の娘のわたしよ、もう！　戸口でじりじり足踏みをする。父の声が響く――「わたしって誰だ？」彼のこの頑《かたく》なに正確さと礼儀を重んじる質問に、リリはもう慣れっこになっていたとはいえ、その場に釘付けになる。この瞬間、なにがなんだかわからなくなり、もっと悪いことに、不作法になる。

「わたしって誰なんだ⁈」と父は疑問代名詞を強調しながらくり返す。リリは足元の地面がひっくり返り、廊下が沈黙で震えるように感じる。

「ほら、答えなさい！」と父はいらだつ。「……わからない……」とやっと声を絞り出して言う。

「ばか者！」

会話終了。リリは走り去る。頭がかあっとなりながら。

リリは小学校の初日を終えて帰ってくる。この日、ある出来事が彼女を一変させた。朝、先生がクラスの生徒の出席をとった際に、リリは自分の番で答えなかった。苗字はもちろん自分のだと思ったのだが、声高く呼ばれた下の名が自分のものではなかった。その名を一度も耳にしたことがなかったし、耳障りで、なんだか変な名だった。彼女はきょろきょろと周りを見まわし、誰が自分とおなじ苗字なのだろうかと探した。先生はもう一度呼び、二度、三度とくり返すうちに、生徒たちがその欠席者を探そうともぞもぞ動きだしたので、きれいに並んでいた列がみるみる乱れはじめた。そこで先生は呼び方をもっと単純にしようと思いつく。「このなかにベレガンスはいませんか？」おそるおそる、リリはいと答えながら小さく手を挙げた。「呼ばれたら返事できないの？　これからはちゃんと聞いていないとだめよ、バルバラ！　はい、じゃあほかのみんなと列に並びなさい」全員の視線が彼女に集中し、彼女のこの全員の注目を集めた間抜けさと、まるでカラスの鳴き声のようにやたらと〝r〟と〝a〟の多い名のおかしさに吹きだす子までいた。彼女は、自分の名はリリアンヌでリリと呼ばれていると訂正することはしなかった。恥ずかしかったからというのもあるが、突然与えられたこの新しい名称に興味をそそられたのだった。発音するのが難しく、自分のものにするために声に出して言ってみたかった。しかしそうはいかないのでやむを得ず、聞こえないように、口のなかで飴を舐めるみたいにして午前中いっぱい何度も何度もくり返した。正午には、自分のものにした。

ところが、父の書斎のドアの前で混乱してしまった。もはやなんと名乗ればいいのかわからなかった。頭のなかに穴があいた。そして「ばか者！」という言葉が彼女に平手打ちを食らわし、追いかけ、どういうことなのかを説明してくれる唯一の人の部屋に入って訊ねる勇気を奪ったのだった。

その日の夜になってようやく、夕食の最中に、彼女は朝からずっと気になっていたことをぶつけてみる。どうして家ではリリって呼ばれているのに、学校ではバルバラなのかと訊ねる。「食べなさい」と父は言う。「それについてはあとで話そう」食事を終えると、父はふたりきりで話すために彼女を脇に呼ぶ。どうも父は話したくなさそうで、さっさと厄介なことを済ませようとしているように彼女は感じる。

バルバラが正式の名で、出生届を提出した際に戸籍に登録した三つの名前のうちの最初の名だ。二つ目がリリアンヌで、最後がリリの生まれるすこし前に亡くなった父方の祖父の名をとってロベルト。

だけど、バルバラとは誰も呼んでこなかったんだ。リリアンヌのほうが、響きがやわらかくて小さな女の子には合っていて好きなんだ、と父は言う。「でもじゃあどうして気に入ってないほうの名前を一番目にしたの？　リリアンヌって付ければよかったじゃない？」このときの彼女には、まさかこの名を選んだのが母親だとは思いもよらない。誰も思い出さない行方不明者だとは。それに対する父の答えは、なぜだかわからないが彼女を悲しませる。「間違いだったんだ。それだけさ」彼女は食い下がる。「意味がわからないわ。それにわたしはバルバラが好き、リリアンヌよりもね。だから……」父は途中でさえぎる。「ほら、もういいだろ。この話はもうこれでおしまいだ。この間違いは忘れるんだ。おまえはリリアンヌで、みんなにとってもリリアンヌのままだ。すくなくとも家族のなかではな」

彼女はただ悲しいだけではなく、憤りをおぼえる。〝間違いだった〟ってどういうこと？　どこが、なにが間違いだったの？

もし単純に、間違いというのがわたしだったとしたら？　生まれてきたことそのものが間違いだったの、いけなかったの？　わたしのせいでお母さんはいなくなっちゃったの？　その可能性を考えると胸をえぐられる。もう一度あの出産後の写真をよく調べたかったが、写真は祖母の家にあり、長期休暇のときにしか行けない。ときどき目をぎゅっと閉じて思い出してみようとする。すると瞼のしたで光る泡や筋がたくさん見え、やがてそれらが沸き立つのがおさまると真っ暗になり、その暗闇の奥に新生児を抱いた母の姿を見出すことができる。彼女はとりわけ新生児のほうになにかしるしを見つけ出せないかと意識を集中してみる。どんな、なんのしるしかはわからないが、探す。呼びおこされた面影ははっきりせず、あちこち影になっていて、しまいには両生類の目と怒った鶏のとさかのついた、過度にこわばった横顔になってくる。

バルバラ——太陽の光につつまれた幽霊母から生まれた、小さなキマイラ。

バルバラ、バルバロイ、異邦人、野蛮人。口が不明瞭な音しか発音できない口ごもる者、うまく話せない者。バルバラ、影の人、地の人、火の人。鉱夫、石工、砲手、消防士、花火師、地を掘る者たち、燃え盛る火をおこす者たち、身ひとつで荒々しく炎と闘かう者たち、炎と踊る者たち、炎をまばゆい雨に変える者たちすべての守護聖女。

バルバラ、キリスト教に改宗したために父ディアスコロスが彼女を殺そうと放った炎から生き延びた若い処女《おとめ》。そのあと、父は娘を拷問してから、その首を斬った。しかし、この娘は火だったのだ。彼女の首を斧が斬ったその瞬間、稲妻がはしり、死刑執行人の父をすっかり焼き尽くした。この伝説を話してくれたのは学校の先生だった。

聖バルバラを讃えるこの雷と血に満ちた話を、リリは胸に秘めて宝物にする。そして父に反対されたり、罰せられたり、彼のせいで悲しんだりするときに、自分の怒りを讃えようとこの話に救いを求めるのだった。さながらなんらかの悪い呪文を唱えるように、歯の隙間から「ディアスコロス！」と息を吐く。

バルバラ、正式の名でありながらも沈黙に追いやられた、隠された名。彼女の母はファニーという名だった。母のことを〝ママ〟と呼ぶ時間はなかった。この言葉を一度も使ったことがない。使えるのは彼女の継母の実の子供たちだけだった。リリはヴィヴィアンのことを〝お母さん〟と呼び、リリだけが〝パパ〟と呼ぶガブリエルのことをヴィヴィアンの子供たちは〝お父さん〟と呼ぶ。この家族では、それぞれに立ち位置というものがあって、みんなそれに応じた言動をとる。しかし考えることだけは、曖昧な制限と言いたい放題の独り言のなかで勝手におこなっている。欲望と反感は礼儀を知らない。子供たちのあいだの争いはたゆみなく、それぞれがこっちの親やあっちの親の愛情のテリトリーを勝ち取って強固なものにしようとして、あるいは兄弟間で優位に立とうとして闘かう。

この争いにおいては、双子がもっとも闘争心をあらわにしている。生まれたときから競争する運命にある彼女らは、その術に長けている。だがふたり以外の誰かと競争するというときには、彼女たちは結託するのだった。リリに対するときはそれが顕著だった。クリスティーヌはどちらかというとライバル心や遊び心からそういう行動にでるので、真正面からぶつかってくるし、そのような行為も一時的なものだった。一方シャンタルのほうがずる賢く、行動が計算されている。それになによりも、シャンタルには母親譲りの美貌という最大の強みがある。彼女は母親のお気に入りだった。人を魅了するのが好きだし、得意だった。造作もなく大人たちの賞賛と好意を手に入れてしまう。幼稚園に通っていたときから彼女は男の子たちに言い寄られ、彼女をめぐって喧嘩が起きていた。でも家では、クリスティーヌのほうが兄のポールと父に気に入られている。クリスティーヌはなにもかもが鋭い。知性も、眼差しも、尖った顎と鼻も、人をからかうセンスも。ポールにとっては、男兄弟のようだった。ポールは彼女をツグミと呼んでいる。尖った鼻、漆黒の髪、いつも動いている小さな体、よく響く声。ぴったりのあだ名だ。このふたりには共通の趣味がたくさんある。父に教えてもらったチェスがそのひとつで、クリスティーヌは早々に才能を開花させてポールよりもうんと強い。父は彼女のそのような才能に感心して、鬼火というあだ名をつける。クリスティーヌは名プレイヤーになるためのあらゆる要素を持っている、と父は言う。ただし、ひとつを除いてね。それは無情さだ、〝狩人の精神〟だよ。この精神の持ち主はむしろシャンタルのほうだった、すくなくとも潜在的には。父がクリスティーヌに甘いことは、いくら彼が隠そうとしても隠しきれていないため、リリをいらだたせる。だがその一方で、活発で快活で打ち解けやすいクリスティーヌに、リリ自身も自然と惹かれてしまうのだった。

長女のジャンヌ＝ジョイは、大人たちとほかの子供たちのちょうど中間の立場にいる。母は、ジャン・パトゥが世界恐慌のただなかに出したかの有名な香水の名から、彼女の名前をとった。陰鬱さに挑みかかるかのようなその豪華な香水は、〝**ジョイ**、世界一高級な香水〟という名で、バラとジャスミンの香りだった。ファッションモデルだったヴィヴィアンは、ちょうどその世界恐慌の時期に自身の栄光の時代をむかえ、娘のジャンヌ＝ジョイは第二次世界大戦中に生まれた。暗い時期をいくらかでも追いはらうためには、ちょっとした贅沢や喜び、取るに足らなくても魅力的なものの要素を取り入れなければやっていけなかった。しかしそんなきらびやかさとは、ジャンヌ＝ジョイは無縁だった。生まれつきもの静かで控え目で、すこし冷たくさえあった。そのうえ長女という立場から、はやくからさして嫌がることなく母親代わりを務めていた。彼女は規律を重んじるし、並外れた忍耐力がある。母のほうがより気まぐれな性格で、すぐにカッとなりやすい。ヴィヴィアンはよくジャンヌ゠ジョイのことを〝わたしの賢い立派な娘〟と感心の念を抱きつつもすこし困惑しながら呼んでいる。というのも、いつまでも魅力ある女性でいつづけている母親の目には、娘の過度な分別と地味さは欠点に映るのだった。ヴィヴィアンは味気ないことが嫌いだった。

バルバラまたの名をリリは、ごく普通の女の子だった。美しくもなければ不細工でもなく、従順でもなければ反抗的でもなく、特別な才能もないし、とりたてて言うべきこともない、ほとんど気づかれないような子だ。強いて挙げれば、髪が赤褐色で量が多くていつもぼさぼさなのと、鼻と頬にそばかすがあるということくらいだろうか。それがほんのわずかな特徴だが、とはいえ、それがちょっとばかり可愛くもあった。

## 6

大海。はじめて海の広大さを知ったとき、リリのあらゆる感覚がひっくり返る。そこには三つの声がある。水、風、鳥の。大量の水はよじれ、油のような紫がかった緑色をしている。その音は荒々しくもやわらかく、こめかみにあふれる血のようだ。うなるような風が、そのどろりとした大量の水になんども鞭をうち、泡で覆われた肌を斬りつける。嗅いだ瞬間に親しみをおぼえる、その強烈なにおい。大小のカモメが港のまわりをジグザグに飛び回り、嘆いているとも怒っているとも言えない鋭い鳴き声を発している。とげとげしいオスティナート。あの孤独の声に満ちた鳥小屋から伸びあがって彼女の部屋までさまよい入ってきた、はるか彼方からのこだまのようだ。この海鳥たちは自由なのに、なぜ彼らの声はやすり屑の灰色で鉄の味がして、耳ざわりで突き刺すような音がするのだろうか？自由でいることも、それほどまでに苛酷なのだろうか？

突然、新たな声が聞こえてくる。低く、ひどくざらついている。沖のほうからゆっくりと重たげに、霧をかきわけながらやってくる。その声は、その場に乱暴に呼びかけているようだ。あらゆる音を払いのけながら、あるいは吸収しながら、水、風、鳥、大地、空に向かって響きわたる自分の力を見せつけたいかのようだ。

その声は醜いのか美しいのか？　断続的にうなるこの野太い声は、不穏なのか、悲痛なのか、興奮させるのか？　同時にそれらすべてである。リリはこの声が好きなのかどうかわからない。感覚が乱れ、自分がどういう感情なのかもわからなくなって戸惑う。しかしついに大型船が視界にあらわれるやいなや、それまで雑然としていた印象がさっと消え去り、一転して大きな感動となり、ひとつの歓喜となる。

# 7

リリが押しつけられた義理の姉妹たちと共有している部屋は、どこかの共同大寝室のようである。親はアパルトマンのいちばん大きな部屋に四人の姉妹を集めた。大部屋だ。唯一の男子であるポールだけがひとり部屋をもらう。リリがひとり部屋の特権にあずかるのは祖母の家だけだ。だが祖母の家に滞在する頻度は、リリからするといたってすくない。

共同大寝室は広いとはいえ、家具であふれている。部屋の一角にはジャンヌ＝ジョイ専用の黄色い木製の小さな机があり、中央には長テーブルと三つの椅子が置かれ、あとは大きな衣装だんす、本棚、それと四つのベッドがある。ジャンヌ＝ジョイのベッドは天蓋ベッドで薄いクリーム色のモスリンのカーテンがついており、双子が親子ベッド、そしてリリはソファベッドだった。いつも双子が寝る前にひそひそと、内緒話やつまらない喧嘩やくすくす笑いをくりひろげる、くっついたふたつのベッドがリリは気に入らなかった。ひとつは高すぎるし、もうひとつは床に近すぎる。深紅色のビロードが張られた背もたれ付きの、自分のソファベッドのほうが好きだった。

憧れるのはジャンヌ＝ジョイのベッドだ。彼女が寝るときにそっと引くアイボリー色の薄地のカーテンは、枕元のランプをつけるとオレンジがかった黄色い貝殻の色合いを帯びる。長女だけが読書をしてほかの三人よりもずっと遅くまで起きていてもいいことになっている。リリはそれが〝賢い立派な娘〟に与えられた数少ない特権のうちのひとつであることを知らないが、彼女がうらやましい。ソファベッドから、カーテンのうしろのジャンヌ＝ジョイのシルエットを眺める。枕を背もたれにしてまっすぐな上半身、本に傾ける横顔、一定の間隔でページをめくる手。例の漆黒の木の額縁に入った写真にうつる母の姿をどことなく思い出させる。リリはまだあまり自分で本を読めないので、ジャンヌ＝ジョイが注意深く手にしているものに、写真のなかの乳呑み児と同様に興味をそそられる。ジャンヌ＝ジョイはたまに本を開いたまま胸のうえに置き、手を開いて布団のうえに置いたままじっと動かずに、すこし頭をうしろに傾けていることがある。本の結末を先延ばしにするためにいったん休んでいるのだろうか？　物語が終わるのを中断させて、自分の思いのままに想像をふくらませているのだろうか？　それともたったいま読んだことを反芻しているのだろうか？

ときどき、ジャンヌ＝ジョイは三人の妹たちにお話を読んでくれる。秘密を打ち明けるかのようなひそひそ声で。妹たちは音をたてず、身じろぎもせずに、カーテンに浮かぶ光輪に顔を向けながらじっと聞き入る。ここにきてようやくリリと双子は調子が合い、魅惑的な話を聴くために一丸となる。言葉の糸が彼女たちをやさしく織り合わせ、喧嘩の入る余地はない。三人の関心はほかに向いている。このまとまりは弱いので翌日には消えてしまうが、それでも彼女たちの記憶に残された色の染みのようないくらかの痕跡は残り、また次の会のときにはふたたびまとまるのである。

たくさんある話のなかでとりわけリリの心を動かすものがある。その話を聴いてからは、歌が頭のなかにそっと入りこんできていつまでも離れずに鳴りつづけるみたいに、その話がときどき頭に浮かんでくる。それは姓も名もただのビルボックという年老いた王様の物語だ。彼は誰もいない自分の王国、すなわちどこでもない、名もなき場所の真ん中に廃墟となってたたずんでいる宮殿にたったひとりで住んでいて、とても退屈している。そこで、その鬱々とした気持ちを晴らすために、たまに夜になると銀の彫金が施されているティーポットを探してきて、玉座に座る。彼はティーポットを顔のすぐそばに持ちあげて蓋をはずし、ときに胸に刺さる悲しい物語を、ときに笑ってしまうおかしな物語を涙がでるまで自分に語って聞かせる。流れ落ちる涙を一粒も逃さないように注意しながら、ティーポットのなかに一滴ずつ落としていく。ティーポットが悲しみや哄笑の燃えるような涙でいっぱいになると、急いでそこにお茶の葉をひとつまみ加え、長い時間煎じる。それからそのほんのりしょっぱいお茶を金縁の磁器のカップにそそぎ、それをちびちびと飲むのだった。このお茶は、涙の悲しみと喜びの割合によって味が変わるのだ。

姓も名もただのビルボックは涙のお茶を最後の一滴まで飲みほす。彼の心が純粋な塩の殻で覆われるまで。そうして彼は穏やかな気分になって、くたびれていてすこし酔っていることもあり、玉座に座ったまま眠りに落ちる。頭を横に傾け、瞼を液状の夢で腫らし、胸を寝息と小刻みな小さなしゃっくりでふくらませながら。

祖母の家のリリの部屋は小さいが、まぎれもなく〝彼女のもの〟なので、それだけでリリにとっては最高だった。彼女はそこを秘密の島として、双子と共有したくないいろいろな宝物を保管している。頭部が磁器でできていて目が取れかかっている人形、雑貨、布切れ、彩色ガラスの宝石、そしてニスの塗られたテラコッタでできた貯金箱。これは脚のないコマドリの形をしており、背中にある割れ目にコインを入れると、まるまるとした体が揺れる。コインはほんの数サンチームしかない。この鳥を揺らすと、ちゃりんちゃりんとお腹で歌を奏でるのだ。

人形のロザは、もともと祖母が幼い頃に持っていたものなので、古く、かなり年老いた人形でリリよりもずっと年上だけれども、面倒を見てあげてと言われてリリに託された。淡青色のまんまるい目がしっかりとついている。ただ片目の瞼は麻痺に苦しんでいる。左目は人形を立たせると大きく開くが、右目はほとんど開かず、薄い三日月形の白目が見えるだけだ。そのせいで人形の表情はどこか病弱ですこし不安げな感じがする。

# 8

その場面は一瞬のうちに無音のなかで起きるが、リリを長いあいだ苦しめる。リリは祖母と一緒にバスに乗り込んだところだった。祖母が切符を買うためにバッグのなかの小銭入れを探しているあいだに、リリは走ってその時間ほとんど人のいない後方デッキに向かう。ひとりで行ってはだめと言われていたので、上半身だけ外に身を乗りだしながら、敷居のところで立ち止まる。道や車や建物や通行人を、この移動式の小さなベランダから見るのが好きなのだ。

ひとりの乗客が奥の座席に座っている。リリは外を見るのに夢中でその人を気にもとめないでいる。ところが小さく息を漏らして呼ぶ音がして、彼女を振り向かせる。「プスーッ！……」男は立ちあがり、リリの前に立つ。とても背が高く見える。縁がまるまった濃いグレーの帽子をかぶり、片方の紐がほどけたピカピカの黒い靴を履いている。これらふたつの衣服のあいだの、ちょうど真ん中あたりにある変なモノを、彼は得意げに見せてくる。長くてぶよぶよしていて、薄紫色がかったピンク色で、生の小さなソーセージを思わせる。彼女はこの男のスーツやコートがどんな色で、どんな顔をしているのかすら気づかない。ただこの縦に並んだ三つのものだけ、帽子、体の真ん中にぶらさがる小さなソーセージ、つやつやの靴とほどけた紐。リリは一瞬この哀れな男の腸の端が切れてしまったのかと思って恐怖で叫びそうになるが、すぐにその誤解は消える。とはいえ、それが何なのか正確にはわからない。彼女が瞬間的に嗅ぎとったのは、この人物の行為にはどこか陰険な感じ、惨めな感じがするということだ。彼女は急いで立ち去り、バスの前方に座りにいく。男はつぎの停車場で逃げるようにしてデッキから飛び降りる。リリは祖母になにも言わず、その後も、父にも誰にもこのことを話さない。恥ずかしかったし、なぜだかわからないが汚れた感じがして、その場面について話すだけで口が汚れてしまうような気がする。なにに対してだかわからないが、悲しみと不快感の入り混じった怒りをおぼえる。

これと似たような出来事は、一度ならずリリの幼少期と思春期のあいだに形をかえてくり返される。木やモリス広告塔のうしろ、正門のした、教会のなかの柱の影なんかにも隠れて待ち伏せしている男。あるいは公共のベンチに寝そべる男。それぞれ年齢も風采も着ているものもさまざまだが、多かれ少なかれ露出することに手慣れている。なかにはすこしびくびくしながら、さらには怖がりながらぎこちなく見せてくる者もいれば、巧妙にごまかしながら陽気に、虚勢と興奮のはざまで大っぴらに見せつけてくる者もいる。そして時に、どうしても見せびらかさずにはいられないその小さな一部分の形と状態によっては自信満々に。リリはそれらを〝出ちゃった腸〟とか〝ソーセージ野郎〟などと茶化すように名づけてみるものの、いつも変わらず嫌悪感を抱くのだった。

# 9

リリは九歳になる。毎年夏休みに家族で借りる家からそう遠くないところにある牧草地を歩く。午後の終わりの空気は暑さと虫の羽音に満ち、樹液、灼けた草、泥、そして水のにおいをかき混ぜる。牧草地のしたをスーズ川が流れている。最近の嵐で増水し、流れがはやく、力強く轟いている。この川は変わりやすく、極端に水がすくないときもあれば増水して水害を及ぼすときもあるため、地元の人びとは〝厄介者〟と呼んでいる。

リリは出っ張ったところにちょっと腰をかける。水の涼しさと濡れた石や腐りはじめた草のにおいがときおり立ちのぼり、大地や葉から発する湿り気のある生ぬるいにおいと顔の前で交差する。一方のにおいがもう一方を追いはらっては、不規則なリズムでまた戻ってくる。彼女の肌は空気、光と影、あらゆるにおい、そして音さえも吸い込む。すべてのものをひとつひとつ吸い込み、かき集める。

突然、割れ目が生じる。そよ風と香気に触れることで彼女のなかに生まれた感覚のやわらかな動きがピタッと止む。不可知なものにぞくっとする寒気を感じる。自分自身をはじめとするすべてのことが途方もなく不確かなこと、啞然とするほどの不条理に思われる。そして彼女が幼かった頃、自分が生まれたときの写真の前で祖母のナティと遊んでいたときに頭のなかを突風のように吹き抜けたあれらの問いが、ずんずん舞い戻ってくる。

力強く、あの時のまま、だが昔よりももっと密で濃く。この世に存在することへの驚きは、本質は変わらずとも移り変わっている。彼女の頭を悩ませるのはもはや自分の起源ではない――前は、どこにいたの？　わたしは誰だったの？　なんだったの？　生まれる前、妊娠の前、もっと前、もっと果てしなく前は？……――そうではなく、ずばり〝なぜ〟存在するかだ。

なぜわたしはここにいるの、なぜわたしはわたしなの、なぜいまこの瞬間こういうわたしとして生きているの？　この地でわたしはなにをするの？　なんの役に立つの？　そう、存在することになんの意味があるの？　いったいわたしになんの意味があるの？

このむき出しで圧倒的ななぜに呆然とし、リリは長いことじっとしたまま、視線を川から土手へ、茂みから空へ、花々から石ころへ、自分が履いているサンダルのつま先から遠くに垣間見える家々の屋根へとあちこち動かす。視線は無から無へとさまよい、思考は漂う。

彼女はなにかはじめてのこと、力強く、重要なことが起こっていると感じてはいるが、それを言葉にすることができない。まるでもう一度この世に誕生したかのようだ。でも最初に生まれたときとはまったく違う。今回の誕生は、母親の体内から外気へ、光へ、空間へ、そしてそこに生きるすべてのもの、死すもの、音を出すものへと起きるのではなく、自分自身からどこでもないところへ、誰でもないところへと起きる。それは死も同然だ。既知のものが不確かなものに、慣れ親しんでいたものがまったくの未知なものに戻り、そして自問している彼女自身は虚無のただなかへと引き返していく。

水のさざめきが大きくなるようで、ほかのあらゆる音を飲み込み、水かさを増した川だけにすこしずつ彼女の意識は集中し、ますます惹きつけられる。岸辺まで転がって川に落ち、流れに身をまかせて、消えてしまって、しまいには……。しまいには不在の狂気とおなじ、あの感覚のない存在過剰になる。しまいには対立するもの同士がからみ合う、あの不安をかきたてる酩酊状態になる。ふたつの相反する感情の高揚が彼女のなかで衝突する。すなわち、生きることへの貪欲な欲望と、死に対する激しい誘惑だ。


二重の高揚はふたたび鎮まる。リリは家に戻り、いつもながらに黙っているが、それは漠然とした恐怖のせいでもある。彼女は川からの無音の執拗な呼びかけから、その喪失、消失への招待から逃げる。今起きたことを誰にも話さない。どんな言葉で言えばいいのだろう？　たったいまあれほど激しく感じたことを、まだ理解できていない。それに仮に言葉を見つけられたとしても、その内容は漏らしたり共有したりするにはあまりに突飛であると同時にあまりに私的なことで、もっとずっと大切なことのように感じる。そしてなによりも、このことでからかわれでもしたらとてもじゃないが堪《こら》えられない。とくに彼女に起きたそのこと、彼女自身やほかの誰よりもうんと広大なそれをからかわれでもしたら。

そう、でも〝それ〟っていったいなんなのだろう？

# 10

　リリが好きな孤島の部屋で、ある朝彼女はいつもより遅く目覚める。休暇中だし、いまでは自分で本を読めるようになったので、前の晩は遅くまでジュール・ヴェルヌの『空中の村』をむさぼり読んだのだった。そのあと狂ったゾウやサイたちが夢のなかで少々騒いだ。彼女を眠りから覚ましたのは、ゾウたちよりも控えめな年老いた猫のグリゾンの悲しげな鳴き声だ。猫は廊下をうろうろして、混乱している様子だ。リリはグリゾンがお腹を空かせているのだろうと思い、ということは祖母がまだ起きていないのだと気づいた。彼女は猫に餌をあげ、それからリビングの食卓に朝食の準備をする。はじめてリリのほうが先に起きて朝のやるべきことをやったので、祖母の役割を自分が代わりにしたことが嬉しかった。しかし猫は満腹になるやいなやふたたびおかしな振舞いをはじめる。弱々しい声で鳴き、体を壁にこすりつけながら廊下を歩き回って、まるで怯《おび》えた子猫に逆戻りしたかのようだ。リリは祖母の部屋のドアをノックし、すこし開けてみる。部屋の暗がりのなか、ベッドに寝ている祖母が見える。静かに寝ている。リリは敷居のところから小さな声で祖母を呼ぶ。「ナティ！……」グリゾンはこの隙に部屋のなかにすべりこんでベッドにとび乗り、まるくなる。祖母は壁のほうを向いて寝ているので顔が見えず、薄暗がりのなかで光る半分閉じた猫の目だけが見える。じっと据えた、黄色く潤んだふたつの斜めの光線。部屋のなかがあまりに深い静けさに満ちているので、リリはどうもなかへ入ることができない。彼女はリビングに戻り、祖母を待たずに先に朝食をとる。

リリはお腹が空かないけれど朝食を食べる。祖母の部屋に満ちあふれていた静けさが徐々に彼女の喉のつかえへと変貌していく。だがそのつかえにあらがうために、リリは余計に食べる。棚からお気に入りのプルーンのジャムと細かいアーモンドの入ったアプリコットのジャムを取り出す。お手製のジャム、これ以上のものはない。ナティはジャム作りの名人だった。リリは指をジャム瓶のなかにつっこんでむさぼり食う。右手の人差し指をアプリコットに、左手の人差し指をプルーンのなかに入れて。フルーツと砂糖の味が喉を焼きつけ、つかえを溶かす。

ドアのベルが鳴る。近所に住むロズモンドだ。彼女は祖母の友人で、ほぼ毎日のようにコーヒーを飲みに来る。ものすごくおしゃべりで口が悪いので、リリは彼女のことがあまり好きになれない。あるときロズモンドがヴィヴィアンのことを悪く言っているのを耳にしたことがあり、それが嫌だった。リリの継母に対する感情は複雑以上のもので、両方の気持ちに引っ張られ、それこそが厄介だ。ロズモンドはヴィヴィアンのことを〝多夫の女〟、〝尻軽女〟、そして〝高級娼婦〟呼ばわりし、幼いリリにはこれらの言葉の意味はわからなかったが、このおしゃべり女の話ぶりからして侮蔑的な意味なのだろうと感じた。ナティはけっしてこんなふうには話さず、ヴィヴィアンのことを尊敬し、素敵な女性だと思っている。べつの友人のジョルジェットにしてもそうだった。彼女は映画館の元案内嬢で数々の映画の長台詞を暗記しており、その場の空気などお構いなしに会話の端々にそれらの台詞を盛り込みながら、早口にサ行をかるく舌で嚙みつつ話すのだったが、彼女はヴィヴィアンに一、二度すれ違ったことがあって、ジョーン・クロフォードというわりと好きな女優に似ていると言っていた。

ロズモンドはナティがまだ寝ていると聞いて驚き、すぐに心配になる。彼女はリリにそこにいなさい、玄関から絶対に動かないで、と言って寝室へ駆けていく。部屋のドアを何度もノックし、だんだん強く叩きながら「ナティヴィダッド！　ナティヴィダッド！」と声も次第に大きくなりながら呼ぶ。しまいには部屋のなかに入り、すこししてから出てきて、静かにドアを閉めて玄関に戻ってくる。蒼ざめている。作り笑いをするが唇が震えている。「ほら、おいで。一緒におばちゃんのお家に行きましょうね。あなたのおばあちゃんは疲れているから休ませてあげないと。またあとで戻ってきましょう」リリは抵抗する間も質問する間もなく、蒼ざめた顔の隣人に強く手を握られながら連れていかれる。ロズモンドは台所にリリを連れていき、ジャムで汚れた手と顔を洗わせ、そして手持ち無沙汰にさせないように雑誌を与えてからべつの部屋に行ってドアを閉める。電話をかけている。リリは耳を澄ましてみるものの、会話の内容は聞こえない。リリは口のなかで砂糖の味と混ざったピリリと辛い、不快な味がするのを感じる。まるで腹の底で火がくすぶり、その煙がすこしずつ食道を伝ってのぼってきて体中に充満しているかのようだ。彼女は暑いのか寒いのかもわからない。両方の感覚が筋肉のなかで、体内でぶつかりあっている。目がチカチカし、甘ったるいよだれが口のなかにあふれているのに舌が乾く。突然、リリは闖入者のロズモンドに対して怒りと憎悪がこみ上げてくるのを感じる。ロズモンドが自分になにかを隠し、嘘をついていると感じる。誘拐されたのだ。祖母の家に帰りたいと思うが、立ちあがって出ていく勇気がない。脚や腕、頭のなかに鉛があるみたいだ。しょうがないので消毒水とキャベツのにおいが漂う台所で待ちつづける。雑誌はまったく興味をそそられないので、しかたなく台所のシンクのうえに掛かっている、派手な色に塗られた木製の鳩時計をじっと眺める。

正午になって、小さな鳥が箱からとびだす。くちばしを大きく開けて、羽をわずかに開きながら陽気に二音で鳴く。ちょうど七つ目の「カッコー」のときに父が到着する。彼はこの木製の鳥とおなじくらい奇妙に、またぎこちなく戸口にあらわれる。ただ彼のほうは黙ったままで、ボタンをかけ違えているコートの両脇に腕をだらんと垂らしている。まるで一発殴られたかのように、と言っても顔ではなく心を殴られたかのように取り乱した表情をして、目は灰色に光っている。ふたりは離れたまま向かい合い、十二回目の「カッコー」までなにも言わずにただじっと立つ。そしてリリは父のもとへ走っていく。父は腕のなかで強く彼女を抱きしめ、彼女は父の鼓動を感じる。カッコウの声と同様に単調だが、それより弱く、速く、そして終わりがない。刻まれる時間は時計のものではない。空虚な時のなかで、頑《かたく》ななまでに不条理に、ひとつひとつ鳴るのである。

ロズモンドは廊下で様子をうかがいながら、自分の悲しみを吐露する番を待っていた。父との抱擁が終わるやいなや、彼女はリリのほうに飛んできて泣きながら抱きしめ、言わずにはいられない間抜けな台詞を聞かせる――「あなたのおばあさんはお空に飛び立ったのよ」空に？　バカみたい！　だってナティはベッドに横になって部屋で寝てるじゃない。窓から飛び立つはずもないし。それに〝お空に飛び立った〟なんてデタラメは、四歳のときにお母さんのことでもう言われた。リリはブランコをしに駆けていって、思いきりはずみをつけながらこいだのだった。死について訊ねる言葉がみつからなかったのだ。そのための言葉を知らなかったし、自分が理解できないことや恐怖、心痛を表現するための言葉さえもわからなかった。彼女には、血液が全身にうねり流れる自分の体しかなかった。虚空のなかで激しく揺れる、静かに執拗に抵抗する体だけ。そしてその体は、腰を大きく動かし脚を投げだすことによってつま先で空に触れようとしていた。マロニエの葉叢《はむら》のうえにある、太陽が燃えさかる空に。だが今回は、キャベツと消毒水の悪臭を放つ台所で身動きがとれず、どこにも走っていったり、体を揺らしたり、飛んだり、心の痛みや頭の混乱を吐きだしたりする場所がない。そして死ついて質問するための言葉さえも持ち合わせていない。

リリが祖母にもう一度会うことはない。会わせてもらえない。父が彼女はまだ幼すぎるとして、埋葬にも立ち会わせない。もしかしたら彼女が厄介な質問をするかもしれないから、それを避けているのかもしれない。ナティが空へ行ってしまったのだとしたら、どうして、どうやって土のなかに埋めるの？　死んじゃった人たちは同時に違う場所にいることができるの？　お母さんもお空に飛び立ったって言ってたけど、本当は海に溺れたんでしょ？　同時に反対の動きをするなんておかしいじゃない。リリはせめてグリゾンを引き取りたかったが、そんなことはできるはずがない。継母のヴィヴィアンが猫アレルギーなのだ。

埋葬から数日後、父がリリを墓地へ連れていってくれる。お墓はまだ花でいっぱいだが、ほとんどの花輪はすでにしおれて、雨でしわくちゃになっている。故人の名前は墓石に彫られたばかりだ。十一年前、リリが生まれる直前に亡くなった夫の名前の隣に。一方はきらきら輝いて、**ナティヴィダッド・ベレガンス**、ズマラガ生。もう一方はくすんでいて、**ロベール・ベレガンス**。リリはまた広大な地中海に消えた母のことを思う。墓も名も日付もない母。ひょっとすると、彼女が沈んだ場所の水面に彼女の名前が浮かんでいるかもしれない――**ファニー・ベレガンス、エルレオン生**。ゆらゆら動く文字で、太陽や星や月の光になぞられ、緑色から青色へ、藍色から薄紫色へ、銀色から紫色へと波打つ文字。**わたしのお母さんファニー**が波間をうねり、泡のなかできらめく。そしてそのひかり輝く文字が織られた水上の巣に鳥たちが休みに来て、ふたたび飛び立つまで揺れに身をまかせているところを想像する。小さなカモメ、大きなカモメ、アジサシ。**わたしのお母さんファニーママ**、形のない人、未知の親しい人、ときどき夢に見る人。以前リリが見た、霧のなかからすさまじくしゃがれた音を出しながら浮かびあがってきた大型客船の亡霊。その音は、なかなか死なない、死ぬことを拒絶する雄牛のうめき声にも似ている。

しかし祖母のことは、彼女は知っていたし、触れて、抱きしめた。リリの体には祖母の声の響き、眼差しの清澄さ、手の温もり、頰のやわらかさ、香水のレモンの香りがそのまま残っている。愛されていた女性の一部は彼女のうちに、肌のしたに、耳のなかに、瞼のしたにすべりこんでいる。

しわくちゃで茶色くなった花が散りばめられた墓石と新しく輝く碑銘を前にして、ひとつの問いがふと頭に浮かぶが、答えはすぐに打ち切られてしまう。「これは、だあれ？」――「あなたなの、ナティ？」――「いいえ、そんなはずないわ」

すこし後ろにさがって立っている父のほうをふり返ると、彼はうつむきながら目を閉じ、またもやボタンを掛け違えているコートのポケットに手をつっこんでいる。彼は服のボタンを正しく留められたためしがない。靴の先に滴が落ちるのが見える。ほんの数滴だけ、音もなく落ちる。「ビルボック・パパ！」とリリは思う。やつれた可哀想な王様。彼女は頭のなかで鳴りつづける問いを自分だけにとどめる。これは、だあれ？　この問いはナティだけでなく父と自分自身にも向けられている――死者と孤児たち。そして「わたしよ！」と答えてくれる人は誰もいない。

もう、誰も。

祖母が借りていたアパルトマンを引き払わなければならない。リリは自分の宝物を回収する。片方の瞼が閉じている人形以外は、どれも急に魅力を失ってしまっている。リリはコマドリの貯金箱を壊してなかに入っていた小銭をかき集め、べつの日にお墓をたずねた際に、それらいっぱいの小銭を鳥に餌をやるみたいに墓石に散らす。

もうこれでリリだけの部屋はなくなる。彼女だけを特別に守ってくれる〝やさしい人〟もいなくなってしまう。

ガブリエルは母親の家具をいくつか売ったり人にあげたりして、三つだけ残す。白樺のたんす、折り畳み式の板のついた楕円形のテーブル、籐張りの肘掛け椅子。ナティが持っていたいくつかのアクセサリーは、娘が身につける歳になるまでとっておくことにする。だが彼は、シンプルながらもとても綺麗なブレスレットをひとつ、ヴィヴィアンにあげる。ピンクゴールドのブレスレットだ。また、ジャンヌ＝ジョイにも象牙のブローチをあげる。双子とリリはコスチュームジュエリーをもらう。リリはべつの宝石、本物の、古くて物語を持った宝石をもらえる日が来るのを待ちわびる。彼女のスペインの祖先たちが婚約や結婚や生まれたときに贈られたり、あるいはなんでもないときにただ愛情や気まぐれから贈られたりして、母から娘へ、叔母から姪へと代々受け継がれているような宝石を。リリだけがその一族に属しているのだ。ヴィヴィアンの娘たちにはそれぞれの家系がある。

# 11

日中、彼女は建物の壁に注意をはらわないが、夜になって窓が明るくなると、興味津々に食い入るように窓を見つめる。暗闇に広がるあらゆる長方形の形をした光が彼女の心を動かす。それらの光は夜をつらぬき、石や煉瓦、コンクリートに穴をうがち、ヴェールを覆ったまま本質を浮かびあがらせる。とは言え、なにかを明らかにするということはなく、ほのめかすだけで、夢を見させ、想像させているのだ。自分と似たような見知らぬ人びとを垣間見させてくれる。同時代におなじ場所で生きていても知り合うことのない人びとを。こんなに近くにいるのに、近づくことができない。ほかの人生や家族、そして考えうる他の運命が存在していることを示している。ときおり窓ガラス越しにシルエットが見える。動いているにしろそうでないにしろ、いつもすぐに消える。そしてどうしようもなく欲望にかられる。これらの音もなく動く影が住んでいるアパルトマンは、至福と平穏の隠れ家であるとリリは考えずにいられない。窓枠のなかで輝く光のなかには、彼女の家のそれよりもずっとやわらかく、なめらかに感じられるものがある。あるいはより明るく、生き生きしているものもある。しかしなによりも彼女を動揺させるのは名もなきシルエットたちだ。平凡ながらも神秘に満ちた生のかすかな影だ。

そのうちのひとつが母だったとしたら？　だって実のところ、母が本当に死んでいるという証拠はどこにあるというのだろう？

# 12

リリはダイニングでポールと双子と一緒にモノポリーをして遊んでいる。ヴィヴィアンは、子供たちが占領している食卓の端に座って、コーヒーを飲みながら新聞をめくっている。アパルトマンの奥のほうからはチェロの音が聞こえてくる。ジャンヌ＝ジョイがガブリエル・フォーレの『夢のあとに』を練習しているのだ。彼女はどうしても弾きこなせない箇所にぶつかって、おなじフレーズを何度もくり返している。

〝キャピュシーヌ大通り〟を買ったばかりのポールは、昨日ボクシングの授業に登録したことを誰にともなく話す。てっきりフェンシングの授業をとっているものとばかりみんな思っていた。ヴィヴィアンは飲もうとしていたコーヒーのカップを乱暴におき、中身が食卓やブラウスにとびはねる。怒りがわき起こる。彼女は息子の顔が腫れて、鼻が潰れ、歯が折れているところをすでに想像しているのだ。ポールはそんなことはどうでもよく、ただボクシングがやりたいだけで、やめるつもりはない。クリスティーヌはすかさず彼に、たとえ彼がボクシングのチャンピオンになったとしても、チェスではいつでもノックアウトさせるからねと言う。ポールは座りながらぐるりと妹のほうをふり向き、頭を肩のなかに引っ込め、あごの前に拳をかまえ、肘をぴったり脇につけ、眉をひそめる。クリスティーヌは笑いながらそれを真似る。「お父さんがなんて言うか訊いてみましょう」とヴィヴィアンが戒める。「どのお父さん?」とポールは体を反転させて訊ねる。ヴィヴィアンは手を振り上げるが、すぐにむなしく下ろす。誰を叩きたかったのだろう? 生意気な息子か? それとも浮き沈みが激しく、愛が冷めたり不幸があったりをくり返す恋愛をしてきた自分自身の過去だろうか? ポールの父親は、ポールが生まれる前、ヴィヴィアンと結婚しようとしていた矢先に亡くなった。ナチス占領下で、用意していた偽の身分証を持ってしても助からなかった。彼はユダヤ人だという匿名の密告によって捕まり、その後すぐに逃げようとしたために撃たれた。双子の父親のジョルジュ゠エドゥアール・ファレーズは、ヴィヴィアンと別れてから二年後にニュージーランドへ移住し、それ以来フランスに戻ってきていない。便りもしだいに遠のき、養育費は一度も送ってきたことがない。ジャンヌ゠ジョイはというと、父親に認知されていないため母親の旧姓であるマテスコを名乗っている。結婚する前に父親が亡くなってから生まれたポールとおなじく、ふたりは妊娠が早すぎて出産が遅すぎたのだ。

ポールは反抗的な悪い冗談のつもりで、あとおそらく母親への非難の意もこめてこの質問をしたのだろう。ヴィヴィアンは黙りこみ、コーヒーの染みのついたブラウスのなかでまっすぐ背筋をのばし、両の手のひらを食卓に置きながら、顔をそむけて窓のほうに視線をそそぐ。怒りはおさまり、悲しみにくずおれている。顔は蒼ざめ、目には隈ができて、緊張で小鼻がぴくぴくしている。夕日に染まるカーテンをなおし、隙間からの光をさがす。その様子をリリは横目で見る。彼女の駒は〝牢屋〟に入っているので、いまは休みなのだ。リリは普段とはうって変わった、いままで想像したこともないヴィヴィアンを目にしている。狼狽し、自分が美しいことを忘れ、威厳を失い、脆《もろ》い。リリは、彼女のこめかみの皮膚のしたに浮かびあがるこわばった稲妻のような青緑色の血管や、目尻に山なりに広がる小じわ、鋭いアーチを描いた眉、そして首の片側にあるふたつの目立たないホクロに気がつく。はじめて、彼女の美しさがリリの心を揺さぶる。

ヴィヴィアンはそこにいる。子供たちに囲まれ、そのうちのひとり、かろうじて平手打ちをくらわすことを抑えたひとり息子に傷つけられて。彼女はこれまで一度もぶったことがない。どの子供たちも。

母ヴィヴィアンはひとりぼっちでそこにいる。実際、リリは彼女についてほとんどなにも知らない。リリにとって彼女はいまだ謎のままだし、相対する者でもある。時がたつにつれて親しい存在にはなってきたものの、あいかわらず距離がある。彼女の高圧的で堂々たる歩き方の背後には、激しやすく心配性な気質が隠されている。すでに四人の子供に恵まれているこの母親は得な人生を送っているなとリリは常々思っていた。しかしこの日、なにもかもがリリのなかで狂いはじめる。ヴィヴィアンのなかで亀裂が入りはじめたことで厳かな女性の仮面がすべりおち、すこし取り乱した素顔がちらりとあらわれる。そして決心がつかないまま、彼女はその顔を母の顔として代わりに用いることにする。

リリは守護君主たる自分の父をヴィヴィアンが引き合いにだしたことにも心をうたれた。継母を抱きしめたいと思うが、なかなかその勇気はでない。ヴィヴィアンはリリや自分の子供たちにすら情愛をしめす態度をとったためしがない。この官能的な女性は、つねに強い母性愛をうちに秘めながらも、身をまかせたり感情を吐露したりする対象は男性に限るようだった。子供たちに対しては、視線と声だけで臨機応変に気をくばり、しつけ、かわいがり、守り、教育する。父もおなじようにしている。リリに惜しみないやさしさをそそいでくれたのはナティだけだった。そのやさしさの感覚はリリの体の隅にうずくまったまま残っており、呼びおこされるのを待っている。

『夢のあとに』のメロディーが波のようにひっきりなしに流れてきて、岸にたどり着く前に砕けて引いていき、それでも失敗にめげずに何度もやり直す。

ほかの子供たちはすっかりゲームに熱中し、音楽だろうが母親だろうが気にもとめずに、大通りや広場や駅を買っては売り、また買ってそれぞれが可能なかぎりの物件を買い占めて自分以外を破産させようと懸命になっている。ようやくリリも牢屋から出られる番がまわってきたのでふたたび参戦し、すかさず北駅とサン゠ラザールの二駅をぶんどる。さきほどの出来事については忘れてしまう。

# 13

音楽は波のように家族に浸透してきた。最初に習いはじめたのはジャンヌ＝ジョイで、彼女だけが熱心につづけている。クリスティーヌとポールはオーボエを、シャンタルとリリはギターをはじめた。けれどもポールはさっさとオーボエをやめてサックスに乗り換えたと思ったら次はツィンバロムという具合だった。ボクシングにしても数カ月で水泳に、次いでテニスに乗り換えたのだった。しまいには結局ぜんぶ投げ出して陸上をはじめた。クリスティーヌとリリも素質がないせいで同様に長続きしない。とはいえ、ふたりともリズム感はあるし音で遊ぶのも好きなので、ときおりクリスタル製のグラスの縁を濡れた指で勢いよくなぞったり、スティックで家具や、温水暖房器やガスストーブの格子棒、はたまたごみ箱の蓋を叩いたりしては即興のミニコンサートを開くときがある。そしてシャンタルもまた音楽をやめて、ダンスを習いだす。

ジャンヌ＝ジョイは長らく才能の持ち主というよりは練習熱心な姿をみせる。彼女の演奏は〝賢い立派な娘〟のイメージどおりに正確だが型にはまりすぎており、単調になりがちだ。腕や頭を使いながら演奏はするものの、体ぜんたいで弾くということをしない。ところが最近になってようやくその体も熱中しはじめ、解放されて大胆になり、ついに熱情が勤勉さにうち勝つ。リリは彼女の演奏を聴く以上に、彼女が弾いているところを見るのが好きだ。彼女は開いた膝のあいだに挟んだチェロと一体になり、楽器に腕をまわして首のくぼみに棹を置く。体を重ね合わせ、重々しさと慎み、そしてエネルギーに満ちている。それは戦いにも似た抱擁だ。といっても、ゆっくりとした戦いで、ほとんど動かない。彼女の頭はときに垂れたり、片方の肩に傾いては反対側に傾いたり、うしろへのけぞったり、急にまっすぐになったりする。顔は張りつめた緊張をあらわし、額にはしわが寄り、眉をひそめ、口はひきつってほとんどねじ曲がって、あるいはその反対にわずかに開いてかすかな笑みや驚きや苦しみを浮かべたかと思うとさっと消え、唇は楽器になにかをささやくように小さく動いている。そして彼女の呼吸が聞こえる。苦しそうに息をしていて、たまにしゅーっとため息を漏らす。目はだいたい閉じているが、開いたときに見えるその目は冷たく、不安を帯びているかあるいは狂ったように感じられる。彼女をこのように怯《おび》えさせる遠き者はいったいどこにいるのだろう、とリリは不思議に思う。彼女の存在の奥底に隠されたなんらかの空隙でもあるのだろうか？　目の前で逃げてゆく地平線、楽器の胴のなかに閉じこめられた見えない空間、あるいはそれらすべてを含んだ、音楽の広大さだろうか？

# 14

夕食のあいだポールは終始心ここにあらずで、食事にもろくに手をつけないでいる。彼に食欲がないことにヴィヴィアンは驚き、具合でも悪いのと訊ねる。彼はあまりにうわの空でその声すら耳に届いていない。ヴィヴィアンが彼のほうに身をかがめて肩に触れると、ポールは飛びあがって驚いたというよりも唖然とした様子で母を見る。妹たちはたちまち大声で笑いだす。「ポールが恋してる！ポールが恋してる！」長女はまだ一度も恋愛をしたことがないが、ポールは軽い恋愛ならばいままでに何度か経験している。ポールがなにも言い返さないので、双子とリリははやし立てる。「相手は誰？　かわいい？　おなじ高校の子？　なんて名前？」この詮索に両親はいらだつ。ぶしつけなのが嫌いだったので、そのような態度を子供たちにも見せたことがない。しかしポールは逃げることなく答える――「女の子じゃないんだ」この返事にみんなは唖然とする。ただひとり、ジャンヌ＝ジョイだけは、普段は会話にも入らないし誰の味方もしないのにもかかわらず、「男の子を好きになったの？」と訊く。彼は微笑み、「恋じゃない、それ以上のものなんだ。それに男の子じゃない――男の人で……」と彼が言い終わらないうちに、母は飛びあがり、今度はその手をとめることなく振りおろす。乾いたパンという音がする。そして母は椅子にへたりこみ、硬直して、ポールの発言と自分の行為に呆然とする。ポールはふたたび口を開き、穏やかな声で言う――「男の人で、神なんだ。キリストだよ」いちだんと驚きが増す。誰もあまり宗教に精通していない。父は不可知論者で、リリは洗礼を受けていないし、子供たちは誰も宗教教育を受けていない。たまに教会や大聖堂を訪れることがあっても、それは建築や彫刻やステンドグラスを鑑賞するためであって、城や美術館を訪れるのに等しかった。リリは、二千年近くも前に死んだ男、しかも父が主張するように実在しなかったかもしれない男に、ポールはいったいどうやって出会ったのだろうと疑問に思う。

「だけどね、とますます驚きが大きくなるヴィヴィアンはまごつきながら言う。あなたのお母さん……じゃなくてあなたのお父さん……あなたのお父さんはユダヤ人だったのよ！」今度は、ポールはどのお父さんとは訊かずにただこう答える――「ちょうどいいじゃないか、キリストもだよ」ジャンヌ＝ジョイは爆笑する。誰もこんなふうに笑う彼女を見たことがない。この状況を面白いと思っているのは彼女だけで、ほかの娘たちは山ほど質問をしたくてたまらないが、身じろぎもしないでいる。

ヴィヴィアンは椅子のうえでかたまったまま、常軌を逸した神的霊感にとらわれた息子と、爆笑の発作にとらわれた彼女の〝賢い立派な娘〟を交互に見つめる。わたしのふたりの年長の子供たちは頭がおかしくなってしまったの？　こっちを見てそっちを見て、ぎこちなくまばたきをする。だが間もなくジャンヌ＝ジョイは平静と分別を取りもどして、母に向かって言う。彼女は母が、長年にわたってまさに現実に起こっている無名の戦争によって引き裂かれているアルジェリアにいつの日かポールが送り込まれるのではないかと考えるだけで怯えていることを知っていた。「いまは神に呼ばれて、生きるために修道院に召集されるほうがいいでしょ？　軍に呼ばれて、アルジェリアで死ぬために召集されるよりも。そんなことない？」ヴィヴィアンは曖昧に「そうね」とつぶやきながらうなずく。

ガブリエルはちょっぴりからかうような疑いの目で義理の息子を観察する。一時的に熱中するのがお手のものの彼のことだから、この新しい気まぐれもこれまでのボクシング、テニス、オーボエ、サックス、それから最近ちょこちょこあった恋愛とおなじようにどうせすぐに冷めるだろう。神秘主義的傾向に走るのはなにかと陥りやすい思春期の危機のひとつにすぎないのであって、いつまでもつづくわけがないし、本当に心が動かされることもない。ガブリエルにとっても、アルジェリア情勢の悪化のほうがよっぽど心配の種である。

ポールはみんなが投げかけてくる質問に答えるのに四苦八苦する。言葉が混乱している。

前日、高校からの帰りのバスで座席に座ったときに、ふと目にした本について話す。それは薄い小冊子で、前の乗客が忘れていったか、ポケットから落ちたかしたものだった。本のタイトルが彼の興味をそそった――『素晴らしきルースブルックの人生の名文集』。どこかの冒険家か、海賊、探検家、遠い海や陸の征服者、滅亡した王国の王子、あるいは伝説の人物なのだろうと思った。発音しづらく陰鬱な名前の、威厳ある人物なのだろうと。ポールは本をぱらぱらとめくり、一節しか読まなかったが、それが古めかしい文体で書かれた聖人伝であることが判明してちょっぴりがっかりした。このルースブルックなる人物は、勇敢な船乗りでもなければコンキスタドールでも王子でもなく、十四世紀にブリュッセル近郊の森で暮らしていた修道士だったのだ。

　自分の停留所で降りるとき、彼は小冊子を座席のうえに置いてきて、それ以上それについて考えることはなかった。しかしその日の夜になって、何気なく読んだことが眠っているあいだに鮮明に頭のなかに蘇ってきた。体のなかで、彼が読んだいっさいの言葉がざわめき、鳴り響くように感じられた。光が揺らめくなか、彼の夢におとずれたこれらのゆっくりとした純真な言葉を、だしぬけに明かすことはできない。ぞんざいに暴露してしまえば、それらの言葉は純情に、でなければとってつけたように思われるおそれがあるし、笑われるかもしれない。それに、心によぎった光の言葉の味わいをどうやって説明すればよいというのだ。ポールはこれらの言葉の味わいが、口のなかできらめくのを感じた。ひとつひとつの言葉はまるで、やわらかく、酸味を帯びた、さわやかな、蜂蜜のような、焼けるような、木のような、すこし酸っぱく、生温かい果肉の芳しいフルーツのようで、なんとも形容しがたい。夢のなかで彼がはっきりと知覚したことは、目が覚めたとたんにかすんでしまい、言葉は力強くも不明瞭な印象だけ残す。そしてその印象の痕に、彼はさらに奇妙で胸を刺すような感覚をおぼえるのだった。彼には見えたのだ。あるいはひょっとすると声がしたのか、内なる出現だったのか、啓示だったのか、幻影だったのか——どうして決められよう？　そのことさえも彼は詳しく説明することなく、見たことを語ることもなく、周辺のことを間接的に話すにとどめる。彼は自分のなかで巻きおこった突風について話す。その風は彼の足元から巻きおこったかと思うと、すさまじい勢いで彼の体を吹きぬけ、そしてその一陣の風のなかに、からみ合いと眩暈《めまい》、体と魂がある。その突風のなかに、その一筋の光のなかに、ある強烈なサインが見えないけれどそこにある——キリストだ。どうかこれ以上は質問しないでほしい。みんなに示してあげられる証拠はなにもないし、この衝撃、この胸をふくらませる抱擁以外の証はなにもない。こんなふうに理由もなしに唐突にわき起こってそのまま余韻にひたっている、思いがけない喜びがたしかにあるだけだ。自分自身、いったいなにが起きたのかわからない。

ポールが感動とともに、自分が感じたことをみんなと共有したいという思いと慎重に話さなければならないという緊張とのはざまでたどたどしく語ったこの話は、リリに、あの夏の終わりの日の午後に川沿いで彼女を襲った動揺を思い出させる。未知と歓喜、そして不安が入り混じったものの出現。しかしこの記憶はすでにあやふやになっている。とくに、ポールのそれとは違って、彼女の短い幻想には愛による恍惚なるものはいっさいなかった。彼女はキリストでもなく明日もない、何者でもないモノにさらわれたのだ。リリはポールの体験をなかば理解できるような気がする。いやむしろ、わかっていないが理解できると言うべきか。

両親はポールを男子寄宿学校へやることにする。そろそろ女だらけの家から出ていってもいい頃だし、天使さながらのものの見方をすれた現実にぶつけたほうがよい。環境や生活リズムや人間関係が変わったうえで、なおも彼の改心が変わらないか様子をみようというわけだ。

ポールが出ていき、ジャンヌ＝ジョイが彼の部屋に移る。幼い少女と一線を画していた彼女の天蓋は解体されて地下の物置にしまわれた。同様に、大きいテーブルと親子ベッド、それからソファベッドも片づけられて、代わりに引出しつきの松材の舟形ベッドを三つそれぞれ壁際に配置し、各々の隣に小さなライティングデスクが置かれた。ポールが帰ってくるときには、一時的にガブリエルの書斎を寝室にしてそこで寝る。三人の思春期の娘たちは家具をあっちへこっちへと動かして部屋の模様替えをする。彼女たちの体は成長期にさしかかるが、それ以上に巣立つことを夢見る。どこへともなぜともわからずに、ただ出ていきたい。今度は自分たちが繭《まゆ》から抜けだすために。これまで両親がしっかりと温めて守ってくれたと同時に、監視もされ、それなりに厳しい規律のもとに置かれた繭から。ジャンヌ＝ジョイは妹たちを驚かせる。彼女だけは自由気ままに夜友だちと出かけたり恋人をつくったり、家の外でいくらでも好きに過ごしてもいい年頃で、法律的にももうすぐ成人に達するので自由に行動していいのだ。それなのに彼女はそのどれもしない。法律を学んでいる大学とチェロのレッスンを受けている芸術学校が終われば毎日そのまま帰宅し、誰と出かけようと、寄り道もせず遅くなることもなく帰ってくる。両親がもっと羽を伸ばしたらどうかと勧めても、その言葉に耳を傾けて、彼女を自由にさせてあげることがプレゼントだと思っている両親に感謝の意をこめて微笑みはするものの、依然としてゆっくりとした穏やかなペースを保ちつづける。家族に囲まれて家にいるのが好きなの、と彼女は言う。実際、彼女はとりわけ母のそばに、というよりはむしろ一歩うしろに、わずかに離れているが母がそこにいることに喜びをおぼえられるくらいの距離のところにいるのが好きなのだ。ほかの者たちは、言ってしまえばいなくてもいいくらいで、彼らは母という太陽のまわりを回る衛星にすぎない。

# 15

「ヤン・ヴァン・ルースブルックは、グローネンダール修道院を離れてソワーニュの森に隠れ、鳥たちに囲まれながら瞑想し木陰で祈ることを好んでいた。彼はときおり、神の輝きと慈しみによって自分自身にうっとりとし、時間を忘れて森の礼拝堂に居つづけてしまい、彼がいないことを心配した兄弟たちが、夜彼を探しに出るのだった。そんなある暗い夜のこと、まるで金粉がきらめいているかのような菩提樹のしたに座っている彼を見つけた。そのまばゆい輝きは、ランプや火や星によるものではなかった。それは聖霊と自由に、ひかり輝く充足感とともに対話する聖人の、照らしだされた心と愛に燃える魂からくるものであった。彼の体がランプであり、彼の心が火であり、彼の魂が月だったのだ。そしてきらめく星である彼の精神が菩提樹を照らしていたのだ」

その本の言葉は液体化し、ぱらぱらとめくられるページから流れ出てポールの記憶のなかにすべりこみ、そこに寝床をこしらえて、彼の眠りのなかに静かにあふれだした。小川だ。

その小川は光のさざめきへと流れをのばす。そして夢のなかで目を覚ましているポールは、彼自身のなかで起きあがる。自分が夢を見ていることも、その夢がじつのところは架け橋であることもわかっていたし、自分が意識の穴のなかへ呼ばれ、正気と異常、夢幻症と炯眼《けいがん》の堺へと招かれていることもわかっていた。流れに身をまかせる草や枝や根のように、点や丸で区切られた文章が流れるのを見た。言葉の流れをとめない程度の軽い区切り、言葉をほんのすこし波だたせ、ひそかに流れを遅くしている。

小川は夢見る彼の心に波紋を広げ、彼の口を快感とみずみずしさでいっぱいにし、彼の理性をほのかな火と単純な言葉、子供っぽい驚きではねとばした。朝になると、ポールは老熟した子供になっていた。今度は彼が一ページになっていた。非常に古く、消され、真新しくなった、はっきりと姿をあらわしたパリンプセスト（文字を消してそのうえにあらたに文字を書いた羊皮紙）。四方八方からくる突風がその裸体に吹きこみ、めくりあげ、空までつよく押し流し、地にふたたび打ちつける。そしていま、その裸体はそこに横たわる。彼は目も眩むほどのまっしろな一ページであり、風や海に打ちつけられ、その輝きや広大さ、そしてその高さの後味を覚えている。味、飢え、渇き。

# 16

それはほんのつかの間の出来事で、ほとんどなにもなかったに等しいが、記憶のなかに金の釘を打たれたかのように残っている。山のなかを散策中に吹雪にみまわれ、帰ってきて飲んだ、火傷するくらい熱々の一杯の紅茶の味。風が立ち、突然白い壁ができたかと思うと、その壁がものすごい勢いでこちらに向かってきて彼らを打ちつけ、凍えさせ、半ば窒息させた。もはや光も、視界も、空気も、空間もなくなって、薄暗がりと風のうなる音しかない。リリはこの時――あまりの激しさに、この時が時間から引き離されたように思えた――ほど、自分の肉体がこれほどまでに儚《はかな》いものであると感じたことはなかった。藁《わら》くずのような骨、神経、静脈、腱、そしてひどくすかすかな肌。風に吹きつけられ、雪に叩きつけられたひとかけらの肉体は、自然や世界や人類のことなどまるで無視した、自然の猛威の気まぐれによって滅ぼされる脅威にさらされていた。父も母も兄妹たちの家族でさえ、すぐそばにいたのにもかかわらず見えなくなり、聞こえなくなり、なにできなかった。それぞれが襲撃に踏ん張りながら、自分たち自身のために闘って、リリと同様に驚き、無防備で、おなじように孤独で、死ぬ運命にあるのだ。

紅茶はほろ苦く、リリはティースプーンのくぼみにひとつまみの砂糖を入れ、ゆっくりと紅茶に沈め、砂糖が紅茶に溶けていく様子を見つめる。白から黄銅色へ、赤色へ、濃褐色へと変わり、最後には沈んで、太陽が降りそそぐ雪の吹きだまりのように、きらきらと輝くクリスタルの小山になる。

半分溶けた砂糖の味は、熱さと苦さとほのかな葉と樹皮の香りとに満ちている。これだけで、この口のなかに広がる味、喉を通る一筋の熱さ、極めて単純だがむき出しでとても強い感覚だけで、生きていることを感じる。生きている。

# 17

ジョルジュ＝エドゥアール・ファレーズ。双子の父親が、ある日あらわれる。突然、彼らの家に、食卓に。もう何年も彼は娘たちに会っていなかった。

ガブリエルのように背が高く、彼よりすこし若いがすでに頭はかなり薄い。それに対しリリの父の、すこしクセのある赤褐色の髪はまだふさふさだ。

彼はふたりの娘のあいだに挟まれて座り、再会を喜ぶ。最後に会ったときと比べて娘たちがあまりに変わっていたので、再会というよりも再発見と言うべきかもしれない。娘たちはというと、満悦と喜びにあふれた顔をしている。彼女たちは、父親が長いあいだ音信不通だったが、自分たちのことを忘れてなどいなかったことを嚙みしめていた。たとえポリネシア出身の新しい妻とのあいだにも子供がいるとしても、自分たちを見捨てたわけではなかったと。彼には新たに男の子がふたり、二歳とまだ生まれて数カ月の子がいる。名前はジェフ・ホアリとフィル・イミラウ。彼は息子たちの写真と、自分が支配人をつとめるホテルの写真を持参してきた。そのホテルは、太平洋とププケ湖に挟まれ、オークランドの北に位置するタカプナというところにある海浜リゾート地のホテルだ。クリスティーヌとシャンタルは写真をひったくり合いながら見る。好奇と興奮とで目を輝かせながら、変てこな名前のハーフの異母兄弟たちの顔を穴があくほど眺める。リリは疎外されているように感じる。双子は鋭い目つきで継母のテアタ――「赤い雲」という意味――の数枚の写真も舐めるように眺める。

ヴィヴィアンも自分がのけ者にされているように、忘れられているように感じているのだろうか？それにジャンヌ＝ジョイも、ガブリエルも。ポールはバカロレアの二次試験に向けて寄宿舎に残っているのでここにはいない。彼は試験を終えたらすぐにでも大修道院に入りたかったのだろうが、両親はそんなに早く修道生活に入ることはないと思いとどまらせた。とはいえ、両親は修道生活のことなどまるで知らなかった――だからこそ余計に恐れているのだが。ポールはしぶしぶ修道院入りを遅らせることにした。何年か大学で勉強して卒業証書を取っておくのも、万が一両親が言うところの〝普通〟の世俗生活に戻りたくなったときに役立つかもしれない。父は、経済と経営を学んではどうかと勧めた。「どこでも需要があるぞ」と父は言った。「どんな企業も経営者を必要とするし、たとえ世俗と離れていても、修道院だって例外じゃない」なにしろ両親は、ポールがシトー会修道院に引きこもる前に、なんとか考えを変えてほしいと望んでいる。改宗者たちの多くが抱く極端さと熱意に満ちているポールは、もっとも厳格な修道会のひとつを選んだのだった。両親は、異性との出会いが彼を聖なる狂いから目覚めさせてくれることに賭ける。可愛い女の子のほうが、見えざる男の神よりも魅力的なはずだと信じて疑わないのだった。

ファレーズは、豊かで満足している様子の現在の話や、順調だろうと思い描いている未来の話はとうとうと語るが、ニュージーランドに定住しはじめてから数年間におよぶ苛酷な生活についてはあまり話したがらない。彼はこれからまた娘たちと連絡を取っていきたいと言って、食事が終わる頃に、今度の夏にタカプナにある彼の家に遊びに来ないかと提案する。そうすれば弟たちやテアタにも会えるし、彼が住処とする島々と岩と火と水でできている、地球の反対側にある素晴らしい国についても知ることができると。双子は許可をもらおうと母親のほうを振り向く。彼女たちが行きたがっているのは明々白々なので、だめとは言いがたい。ヴィヴィアンは微笑みを返す。心とは裏腹にいいわよと言っているような、無理をした微笑みだ。だが双子は、継父にはなにも訊かない。突然彼はいない人になってしまったかのようだ。「わたしももしお母さんが急にあらわれて、どこか遠くの素敵な国に呼ばれたら、こんなふうになるのかな？」とリリは思う。「でもお母さんがわたしを呼べるところなんて、海と死以外にはないわ」しかしクリスティーヌは、ほかの家族の人たちのことを思い出し、みんなのほうを向いて、相談しようというのではなくただ自分の驚きと喜びを見せて、みんなもその輪のなかに入ってこられるようにする。リリはどの輪にも入らない。自分はその旅行には加わらないし、今後加わることもない。双子と血のつながった姉妹ではないし、今後もそうなることはない。数時間前までは存在すら知られていなかったふたりの男の子たちが、たちまちリリがかつてなったことがないほどに双子にとって大切な存在になった。それもこれも共通の親を持っているからだ。つまり自分は永遠に、家族の情愛の劇場では奥にある補助席にしか座れない運命なのだろうか？

ニュージーランド、アオテアロア、マオリ族、タカプナ、タスマン海、太平洋、タウポ湖、テ・アナウ湖、ワカティプ湖とワナカ湖、ハウロコ湖とマナポウリ湖、アンティポデス諸島、バウンティ諸島、チャタム諸島、キャンベル諸島、ケルマディック諸島、フォックス氷河とフランツ・ジョゼフ氷河、アオラキ山、ルアペフ山とタラナキ山、弟のホアリとイミラウ……これらのエキゾチックな名前が、双子の頭のなかを色とりどりの鳥たちのように飛び回る。学校がはじまると、ふたりはそれまでたいして好きでもなかった英語の授業にとても熱心に取り組むようになる。ところが二学期に入ると、シャンタルの待ちきれない思いが萎えだし、興奮も冷める。彼女ははじめて恋に落ち、ジルベールという平凡な名前のほうが、地図帳のオセアニアのページから引き出されたどんな美しい言葉よりもずっと彼女を惹きつける。もしシャンタルが行かないんだったら、リリはすぐにでも代わりに行くのだが、家族のうち誰ひとりとしてそんな考えは浮かばない。ファレーズはなおのこと、家に訪ねてきたときも、彼はリリのことなどろくに見もしなかった。

その反対に、リリの父は以前よりも彼女に目を向けるようになる。彼もまた、妻の元夫が自分の義理の娘たちの愛情をほとんどかっさらって自分の威厳を黙らせたときに、無視され、さらには騙し取られたと感じたからだろうか？　もしくは、それまでずっと平等にしなければならないと思っていたことに、揺らぎが出てきたのだろうか？　どうやらそのようで、こんな提案までしてくる。ヨーロッパに限定して、ふたりでどこかリリが行きたい町に行こうと言うのだ。ただし、仕事をそれほど休めるわけではないので夏の間中というわけではなく、一週間だけ。

一週間お父さんとわたし、一週間お父さんとだけ！　しかもわたしが行きたい所に！　突然彼女は家族の集団から切り離され、ほかの娘たちと区別される。父は彼女が自分の〝本当の娘〟で、唯一の娘であることを思い出す。リリはたちまちニュージーランドのことなど忘れてしまう。あんな世界の果てに迷いこんだ、行くまでにとてつもなく時間がかかるしへとへとになってしまう国なんてどうでもいい。そう、リリは双子のタカプナ・ププケにしろ、発音できない名前の異母兄弟たちにしろ、どうでもよかった。あのふたりは、弟たちのおしめを替えたり、鼻をかませてあげたり、きれいにしてあげたり、一緒に四つん這いになって遊んだりすればいいのよ、バカな女たち！

あとは行き先を決めるだけ。今度はリリが地図帳を調べる番だ。負けじとできるだけ遠くの個性的な国を探してみるものの、蓋を開けてみるとヨーロッパはとても小さく、ほかから切断されており、その大半が広大な中央ヨーロッパと東欧地域からなっている。ヨーロッパの政治地図をじっくり眺めるうちに、リリははじめて〝鉄のカーテン〟というものがなにを指すものなのかを知る。青く塗られた西側諸国と、赤く塗られた広漠たる東側諸国とにヨーロッパを二分しているその筋のついた線を指でなぞると、有刺鉄線によるひっかき傷のように感じる。それがとりわけ彼女の好奇心と欲望を刺激する。

「バルトのシュチェチンからアドリアのトリエステまで、ヨーロッパ大陸を横切る鉄のカーテンが降ろされた」と、チャーチルはリリが生まれる前年に宣言した。彼女は生まれるのが遅すぎた。でもちょっと待って、トリエステに行くのはどうかしら？　と思いながらも同時に、オスロ、アテネ、リスボンも捨てきれずに見る。これらの最果ての町、陸と水——フィヨルド、河口、湾、海、大洋——の境界線に面した町々も……。ひとつに絞ることができないので、紙を四等分に切り、それぞれに彼女が惹かれた町の名をひとつずつ書き、折りたたんで大きめのカップに放りこみ、シャカシャカ振って一枚引く。

トリエステ。結局最初の案がよかったということだ。バルカン半島の麓、鉄のカーテンの境、アドリア海岸に行こう。ヴェネツィアからもそう遠くない。ひょっとしたらそこまで足を伸ばせるかもしれない。彼女は地図を入念に調べながら、あらん限り空想し、地図帳のなかを飛び回る言葉をとらえては、ぐるぐると夢想する。イメージがつぎつぎ湧いてくる。今度はリリが、ハチやトンボや秋の葉や金塊の群れのように、新しく美しい響きの名前に酔いしれる番である。

フリウーリ＝ヴェネツィア、ムッジャ湾、ディナル・アルプス、ボラ風……。

リリは父に行き先を告げる。父は賛成し、彼女の選択を褒めさえする。ふたりの旅行は、七月の第三週に決まる。たちまちリリの頭のなかでカウントダウンがはじまる。

フリウーリ＝わたしのお父さん、ヴェネツィア＝わたしのお父さん、トリエステ＝わたしとお父さん。もう聖バルバラの父ディアスコロスはいない。彼はもう失脚し、解任され、追放されたのだ。

# 18

日曜日、家にいるのはもったいないくらいのいい天気だ。はやめに訪れた春の日、さわやかで太陽が輝いている。父がピクニックに行こうと言う。ヴィヴィアンはカメラを持って行く。すこし前から写真に凝りだしている。「いい顔して!」と、四人の娘たちに言っては撮った。そして娘たちは言われたとおりにする。ジルベールと別れ、かりそめに終わった恋に不機嫌になっているシャンタルも。彼女らはそれぞれお気に入りのワンピースを着て、それに似合うスカーフを巻き、特別おしゃれをする。

町はずれにある森のなか、イグサに縁どられた池のほとりにみんなで腰を下ろす。メタリックブルー色のトンボが背の高い茎のまわりをジグザグに飛び回り、不規則な羽音をたてる。草のうえに古びた敷布を広げてお弁当を食べてから、ヴィヴィアンと娘たちは写真撮影にうってつけの場所を探しはじめる。ガブリエルはカバノキの幹にもたれかかりながら、小さな手帳に植物や昆虫の素描をする。リリは、父がこんなふうにメモ帳にスケッチを描くのをいつも見てきた。彼はそれらの素描をそれ以上に完成させることはせず、とっておきもしない。ただスケッチをして、細部をとらえるため神経を集中させるのが好きなだけで、そこまでで満足するのだった。彼にとってはごく些細なこともけっしてつまらないものではなく、美はこうした取るに足らないもののなかにあふれているのだった。

またげないほどの大きな溝のうえに、苔むした板が橋の代わりに置かれている。「ここいいんじゃない？」とジャンヌ＝ジョイが提案する。見晴らしがいいし、麦藁色の光が降りそそいでいて、ヴィヴィアンも気に入る。揺りかごの光。娘たちは架け橋のうえに座り、その狭い場所に収まろうと互いにくっつき合う。ヴィヴィアンがカメラを調整しているあいだ、彼女たちはいいポーズをとるために手足をばたつかせる。板が彼女らの重みに耐えきれず、四人はばらばらにひっくり返って溝に、雑然とした叫びのなかに落ちる。すかさずヴィヴィアンも叫び、こだまする——「シャンタル！」そして溝のほうへ駆け寄る。溝は浅いが小石や小枝が散らばっており、ねばねばした泥に覆われている。「大丈夫？　大丈夫？」とヴィヴィアンはくり返し、穴の縁にひざまずきながら娘たちに手をさしのべる。彼女たちはうめきながら起きあがる。小石による痣《あざ》や枝と茨《いばら》によるひっかき傷ができて、泥で汚れている。父は騒然たる叫び声を聞きつけ飛んできて、溝から抜け出るのを助ける。娘たちはふらふらになってひどいありさまだが、大事にはいたっていない。「怖い思いをするだけで済んだな」と父は結論づける。写真撮影ははじまる間もなく終わり、彼女たちは足を引きずり帰っていく。

傷は浅いが、痛む。ジャンヌ＝ジョイは首をねじったのが痛み、シャンタルは肘の脱臼、リリは腰の脱臼、クリスティーヌは頭の痛みにそれぞれ苦しみ、みんな共通して背中と腰に痛みがある。興奮したせいもあって疲れ果てたので、全員はやばやと床につく。翌朝、疲れは解消したものの体の節々の痛みは前日よりひどくなっている。

ひとり、起きてこない。クリスティーヌはベッドに横たわったまま、ゆっくりとした呼吸がかすかなうなり声になっている。起こそうとしても、誰も目覚めさせることができない。ヴィヴィアンは、今度は叫ぶこともなく蒼白になる。父もだ。両親はクリスティーヌを病院へ運び、着くやいなや彼女は穿頭《せんとう》手術を受ける。しかしもう手遅れで、夜のうちに陥った深い昏睡状態から彼女を目覚めさせる手立てはなにひとつない。彼女の頭は石に激しく打ちつけられ、頭蓋のなかに血腫をつくり、それが時間とともにふくれあがったために脳が過度に圧迫され、縮み、へこんでしまったのだ。クリスティーヌはそれから三日目の夜明けに死ぬ。十四歳だった。

彼女たちはみんな十四歳だ。クリスティーヌ、シャンタル、それにリリも。だがそのうちのひとりはもうそれ以上、その境界線を越えることはない。ふたりは越えるが、そのことになんの意味もない。もう三人を祝う十五の数字なんてものはなく、したがって誕生日などというものもない。同様に、旅行もなく、ニュージーランドもトリエステもない。時間は止まってしまった。そのときまで毎日、毎年刻んでいたリズムはもう終わったのだと宣言するように、ぽっかりと穴があく。またべつのリズムがそれに取って代わるだろうが、見た目にはおなじでも、その連なりは引き裂かれ、その弾みはねじ曲がっている。

リリは死者を見たことがなかった。祖母の遺体は見せないようにされたのだった。突然、リリは自分と同い年の女の子の、異母の姉の、父の愛情を一部さらったにせよ好いていた姉の遺体と対面する。

クリスティーヌはくすんだ白のむき出しの壁に囲まれた部屋のなかで、金属製のフレームと柱で一段高くなったベッドに横たわっている。頭には包帯が巻かれ、目は閉じたまま、唇は真一文字に結び、腕は体の両脇に沿ってまっすぐに胸まで覆われたシーツのうえに置かれている。チョークのように顔は白い。家族もみなおなじように腕を垂らし、一点を見つめ、茫然自失で口をぽかんと開いたままベッドを囲んでいる。ヴィヴィアンは枕元にかがみこみ、風に揺れる枝のように前後にゆらゆら揺れているようだ。娘の顔に手をさしのべるが、額や頬や瞼のうえすれすれの位置で止め、指をかすかに動かしてから手を引っ込めて、またそれをくり返す。なにか聞き取れないことをつぶやいている。彼女のすぐそばでポールは立ち尽くし、皮膚のしたで頬の筋肉が盛りあがるのがわかるくらい歯を食いしばっている。ガブリエルは反対側の枕元に立ち、まるで長時間走っていたかのように音をたてながら呼吸している。リリは、自分の心臓が音もなく頑《かたく》なに脈打っているのが聞こえる。不幸のカッコウがまたもや時を打つ。シャンタルとジャンヌ＝ジョイはすこし後方にさがっている。

リリはクリスティーヌを、そのやつれた顔を、閉じた瞼のきれいな線を、編んだ髪を、血の気のない薄紫の唇を見つめる。馬鹿げた問いが彼女の脳裏をよぎる――「あなたの笑みはどうしちゃったの？　ほら答えて、あなたの笑みはどうしちゃったの？」それからべつの、不安な質問――「みんな彼女が死んだって言っているけど、彼女自身は自分が死んだってわかっているの？　わたしたちは、自分が死んだってどうやってわかるの？　死んだときってその状態の自覚はあるの？」

シャンタルは、しばらく妹とふたりだけにしてほしいと頼む。彼女の声は落ち着いていながら高圧的だ。みんなは廊下に出て、さながらどこかの佐官に閲兵をうけるがごとく壁を背にして一列に並び、黙りこくって待つ。ある程度時間が経ってから——と言っても、時間の感覚がまるでなくなってしまっていたため、正確な時間はわからないが——ふたたび部屋のなかに戻ると、シャンタルがクリスティーヌのベッドのなかに潜り込んで彼女を抱きかかえている。

シャンタルはすさまじい力をこめて抱きかかえており、難船事故にあった遭難者が漂流物につかまっているような、はたまた生存者が溺れている者を救おうと必死になっているかのようだ。彼女は自分の額に、こめかみに、胸に、腹に、膝に、手のひらに妹の、頭に白い包帯を巻かれて死者の饐《す》えたにおい以外はもはやなにも醸し出すことのない妹の体の痕をつける。消えかかっている双子の妹を、自分の生きている体に必死に同化させようとしている。妹を我が物にし、呼吸する。しかし実際のところ、どちらがどちらを奪っているのだろうか。

みんなは一瞬戸口で立ち止まり、双子が互いに抱きしめ合っている光景を目にして唖然とする。ヴィヴィアンは口を手でふさぎ、わずかに後ずさりして逃げだしそうになるが、すかさず父が支えとめる。ポールが群れから抜け出して、ベッドに向かう。落ち着きはらって力強くシャンタルの肩をつかむ。「彼女を放せ。寝かせておけ。立つんだ」シャンタルは起きあがり、兄と相対して鋭い口調で言い返す——「あんたこそ、放してよ。わたしなんかより神の世話でも焼きに行ったら？　っていうか、あんたの神っていうのはいったいどこでなにしているのよ？」彼女は床に唾を吐き捨て、みんなを通路に突き飛ばしふり返ることもなく部屋を出ていく。

ジョルジュ＝エドゥアール・ファレーズは埋葬する日に到着し、直接墓地にやって来る。シャンタルは彼に気がつくやいなや、母親の腕をふりはらって一直線に彼のもとへ行く。彼女は彼の手を握り、一緒に参列する。ポール、ジャンヌ＝ジョイと父は代わるがわるおぼつかない足取りで進むヴィヴィアンに付き添いながら歩く。おぼつかないと言うより足が言うことを聞かないらしく、埋葬の時を遅らせようとしているかのようだ。シャンタルは頭を高くかかげながら歩き、口も目もきりっとして涙を流さない。リリは泣く。誰もリリの手を握ってはくれない。父はヴィヴィアンのことが心配でとても娘に構っていられる場合ではない。それにリリの苦しみなど心配できぬほどに自分自身が悲しみに打ちひしがれている。彼の鬼火を埋葬する。リリはクリスティーヌの死を嘆きながらも、お父さんは彼の娘である自分が死んだときもこれほど深く悲しんでくれるのだろうかと思う。お父さんはこれからもっとわたしへの愛情をなくしていくのだろうか、いまでさえわたしからしたら不十分に思えるのに。彼の鬼火が死んでわたしが助かったことを恨むのだろうか。わたしのクリスティーヌに対する愛情には永遠に、慰められることのない嫉妬が込められることになるのだろうか。

父とリリはトリエステへは行かない。いかなる町へも国へも行かない。トリエステという名前のなかには〝悲しい《トリスト》〟という言葉が入っている。フリウーリ＝鬼火、ヴェネツィア＝どこでもない、悲しみ＝父と＝わたし。クリスティーヌ＝ボラ風。

墓地を後にするやいなやシャンタルは家族に対して矢継ぎ早に単調な声で、二日前の病院でのときよりも高圧的な声で攻撃する。手始めに母親に、自分の父とともにタカプナに発ちたい、クリスティーヌの思い出が沁みこんだアパルトマンではもう暮らしたくない、不在者の歪んだ鏡、震える灰色の鏡たる者たちに囲まれて暮らしたくない、と言う。シャンタルにはもう無理なのだ。根っこを引き抜く、抜本的な変化が必要なのだ。生まれたときからの自分の分身なしに生きることを覚えなければならない。彼女はフランスの対蹠地へ発つことの許可を得たいと願っているわけでも要求しているわけでもなく、それはすでに正式に決まったことであり、それが自分の権利なのだと断言している。道はふたつにひとつしかない。だめだと言うならば家出する、だめならばみんなを嫌う、だめならば言うことを聞かなくなり、狂うかタカプナへ発つかだ。それ以外の道はない。生きるか死ぬかの問題なのだ。そしてまたぞろ彼女はポールに食ってかかる。「あんたの神はなんて言ってるの？　あいかわらず無言？　ときどきさ、もうすこしよく聞こえるように、もっと大きな声で話してって頼んでみてよ。っていっても、わたしたちになにか面白いことを話せるのかどうか知らないけどね。どうせ嘘とか、くだらない冗談とか、むかつくようなでたらめとかでしょ」それから彼女は、雌鶏の喉を詰まらせるために釘を投げるかのごとく、家族のひとりひとりに傷つくことを言って擦り傷を残す。みんなが自分を遠ざけるように、懸命に不愉快な存在になろうとしているのだ。とりわけ急に息苦しくなった母からの過剰な愛情から解放されようとして。消え去るために、黙るために、不安と情にあふれた母親があげた不公平極まる叫び——「シャンタル！」をかき消すために。この叫びがクリスティーヌを殺したのだったとしたら？　この叫びが小石となって後頭部を打ちつけたのだとしたら？　シャンタルはもうお気に入りでいたくない、もっとも、それまでに十分その役割に満足していたのだが。最良のライバルが永久にゲームを放棄したというのに、お気に入りでいることにいったいなんの意味がある？

シャンタルはニュージーランドもタカプナも、赤い雲という名の継母も、義弟であるハーフの小さな男の子たちのこともどうでもよかったが、ほとんど知りはしないものの自分の本当の父親の、その曖昧な無関心さや愛情の温もりにこそ安心するのだった。彼女には手つかずの場所が、まっしろで穏やかな感情が必要なのだ、すくなくともしばらくの間は。彼女は生きたい、もう一度生きることを学びなおしたいと思う。生き延びる。彼女にそのチャンスを与えてあげなければならない、それもできるだけ早く。ヴィヴィアンにはほぼ選択の余地はなく、ジョルジュ＝エドゥアール・ファレーズは、もしそれが娘にとって最善の策となるならば彼女を預かるつもりだ、と言う。シャンタルは彼と一緒に、数日後に飛行機に乗る。

# 19

〝みんなで同室〟の終わり、双子＋一人という接《つ》ぎ穂のようなトリオの終わり。リリだけになり共同寝室は急に広くなりすぎて静かになってしまった。これほどの空間と静寂をどうしろというのだろう？　これほどの不在とメランコリーを。リリは父に、彼の書斎に移ってはいけないか、と頼んでみる。部屋の役割を逆転させればいいだけで、そうすれば彼女はもっとこじんまりしてもっと落ちついた新しい寝室がもらえるし、父のほうは広い仕事場を満喫して本棚も広げられる。ポールが数日家で過ごす際に寝る場所にしても、より快適になるように整理することができる。

こっちの部屋では、何年ものあいだ生命の混じり合っていた娘たちの声が響くことも、ささやくことも、笑うことも、不平を言うこともこれまでなかった。何にもさらされていない住処。

夜、廊下の天井灯がついているためアクアリウムのようなほのかな光が射しこむ、よどんだ水色のドアのガラス窓を見つめる。リリはこの水っぽい光のなかで居心地の良さを感じる。壁は、絵も鏡も額に入った写真もかけたくなかったのでがらんとしている。彼女はしばしば夜遅くまで、父の本棚で見つけた本や高校で借りてきた本を読む。なかには彼女の欲情をかきたて、疑問や悩みや、はたまた欲望や心地よい狂乱で彼女を疲れさせるものもある。この寝室で、彼女は成長がすすむ自分の体を探りはじめ、自分で驚く。変化の最中にあるこの体は、目を眩ませることも、エネルギーを爆発させることも、半狂乱の喜びを感じることも可能であり、また、ほどなく死ぬことも可能である。この体の皮膚のした、肉の内奥にはさまざまな秘密が埋もれている。生命の秘密、力の秘密、ほとばしるのを待ち構えている感情の秘密と、それと同時に脆さの、死の脅威の秘密。クリスティーヌは転落する前に、体の漠とした内奥に身を投じる時間や好奇心が果たしてあったのだろうか、とリリは思う。拉致される前に。

リリはそれ以外にもトリエステに関する歴史や地理の本、旅行記、童話や神話を探しては手当たりしだいに読んでいる。一冊を読んでいるそばからべつの本を読みはじめ、途中で史実や伝説のなかへさまよい、ときおりそれらを混同してしまう。というのも、実現しなかった旅行をなんとしてでもここで、独房の寝室の奥で、舟形のベッドのなかで、動かずにでも達成したかった。彼女はムッジャ湾の沿岸を航行する。アドリア海の水の青さはそのときどきの気分で紺碧から藍色へ、ラベンダー色から濃青色へと変わる。また、ディナル・アルプスの色もさまざまな色合いを帯び、主張する緑色のときもあれば、オークルがかったり、赤みがかったり、茶色がかったりする緑色のときもある。しかし不思議なことに、空想のなかで彼女がトリエステに近づくことはけっしてなく、カモメのように水面すれすれをすべりながら、ただ海を眺めるだけにとどまる。さながら翼をたたんだまま潮に乗っているカモメのようで、幼さすぎるか年老いすぎるかして思い切って陸へ飛び立つことのできない、町へ乗り出すことのできないカモメのようだ。

リリがシャンタルかクリスティーヌの持ち物から回収したニュージーランドの写真付きガイドブックもあるのだが、それはナイトテーブルのうえにちゃんとあるというだけで十分で、表紙に一瞥をくれるだけで、開くことはけっしてない。この人知れぬ土地に近づくことは、トリエステに足を踏み入れる以上に難しいことだった。

寝室の唯一の窓は庭に面している。そこからの視界は、細い帯状の空に縁どられた灰色の壁にぶつかる。しかし味気無さが広がるこんなところでもなにかしらの発見がある。忍耐強く、注意深く、空想しながら長時間目を凝らすだけでよい。リリは壁を凝視し、そこにこげ茶や黒い汚れ、ペンキのしたにあるレンガの面や、割れ目に生えるしなびた草を見出すことに夢中になる。彼女は影と太陽の動きを観察する。ときにじりじりとゆっくり動き、ときに素早く動いては、なんらかの形やぼやけた像や儚いシルエットをざらざらした壁面にさっと映し出す。ときどきそれが誰かの顔の輪郭や横顔のように見えるときがある。それも誰か近しい人の。リリはなかでも祖母のナティ、クリスティーヌ、シャンタルの顔を見出そうとする。雨が降っている夜には、水がぴちゃぴちゃ、ざーざー流れる音に耳を澄ます。どしゃ降りの雨をずっと聞いていると、水の流れの単調さがしまいには彼女を陶酔させる。かつて動物園の鳥小屋に閉じこめられた鳥たちの声がそうだったように。彼女はこの壁を好きになる術を学ぶ。壁は彼女にとって重い衝立《ついたて》のような守護者だ。

この寝室が、この壁が、アパルトマンの真ん中にあるこの囲われた場所が彼女を救う。家族が一撃によって沈み解体していくこの崩壊から、ほんの少しだけでも。なにしろ分裂し崩壊していっているのは、曲がりなりにもリリの家族となってきた家族だったから。

ボラというのはもともと大陸に吹く重力風で、冷たく乾いた、非常に強い風である。この風は滑降——坂を下り、急降下する——という美しい性質をもっている。北西から山の連なる後背地の谷間を縫って吹き、すさまじい勢いで加速し、山頂で砕け散る。道々、大量の土埃を舞い上げ、凍てつく冷気をそこら中に吹き散らし、木々の芽を半分くらい摘んで痛めつけ、人びとに狂気の発作の種を、そしてアドリア海に巨大な渦の種をまく。この風はトリエステに吹き、沖合でなお吹きすさぶ。名前の由来は北風の神であるティーターンのボレアース。アストライオスとエーオースの息子であり、他の数多《あまた》の風の兄弟であり、そのうちのひとりがやさしきゼピュロス、また無数の星たちの兄弟でもあり、数々の子供たちの父親であり、そのうちのふたりがボレアデスの異名を持つ、いつも一緒にいるカライスとゼーテース。リリはこのことを、彼女がすこしばかり集めたトリエステに関連する本のなかの一冊で知った。

ボラはもともと家族風で、遠くで巻き起こり、息が長く、かすかにしか聞こえないが鋭い音をたてて吹く。風は些細なことで増大し、言葉ひとつによって鋭くなり、名前のせいで火がつく。風は心を歪ませ、思想をねじ曲げ、記憶を固まらせて、そこに火を吹きこむ。そのようなことが書いてあるのを、家にあったぼろぼろの本のなかで多感な思春期に読む。

転落したときのヴィヴィアンの叫び――「シャンタル！」娘たちが全員危険な目に遭っていたにもかかわらず、まるでシャンタルだけがそうであったかのようだ。つまるところ母親の心のなかでは、シャンタルが他の姉妹たちよりも大切だったようだ。最初リリはそのことをたいして気にとめていなかった。そのような贔屓《ひいき》があろうとリリが気に病むことではなかったからだろう。彼女はそもそも長女や双子とそのことで張り合おうとしたこともないし、ヴィヴィアンの人生において自分が数のうちに入っていないという立場を理解していた。それよりも父のほうをいつも気にするだけで手一杯だった。リリだけでなく誰もこのひとりだけに向けられた叫びについて深く考えることはなかった。彼女たちはみんなそのとき反応を示す力もないほどにふらふらだったし、その後はそんなことを思い出す暇もなかった。父はというと、彼はみんながパニックになって騒ぎ、いろんな叫び声をあげているなかからヴィヴィアンの叫びを聞き分けることができなかった。しかし、この叫びは砲撃のように、乾いてはっきりと娘たちの頭のなかで鳴り響き、耳の穴の奥深くまで潜りこんだ。

この叫びはクリスティーヌの心のなかで広がる間もなく、大きな血塊へと沈んでいった。シャンタルは、血を吸っているマダニをもぎ取るがごとくその叫びを追いはらい、断固とした足取りで逃げながらそれを踏み潰した。ジャンヌ＝ジョイには胸にまっすぐ突き刺さり、粉々になって小さな毒の玉の大群と化し、ゆっくりと根深く沁みこんだ。

# 20

十二月のある夜、リリは高校から帰ってくる。闇がすでに街を覆い、肌を刺す寒さのなか彼女は足早に歩き、肩に力が入って全身がこわばっている。通りすがる人びとは一様に体をぴんと張ってまっすぐに、頭だけ前かがみにしている。誰もが各々の台座から追いはらわれた銅像さながら、歩道に沿って動きだし、機械的な足取りで列をなしている。互いに注意をはらうことなく行き交い、それぞれ外套にくるまった体をちぢこめながらできるだけ早く家に帰って温まりたい一心で歩いている。

ある通りの角を曲がると、リリは突如はやる気持ちと身を守ることを忘れて、通りの真っただ中で顔をあげて立ち尽くす。空はどうしちゃったのだろう？　夜はその不透明さを失い、磨かれた玄武岩のように黒く、虚無しか映しださない鏡のように輝き、街のうえで広大無辺にひろがる。

それに、月もどうしちゃったのだろう？　空のしたのほう、屋根よりわずかにうえの位置にあって、完璧な円をなす満月で白く、巨大だ。あまりにも低く、近く、通りのすぐ奥のところにあるので、ほんの数歩行けば触れられるような気がする。絹のような白さでまぶしく、クレーターや山の頂の線がとても鮮明に見える。これほどゆったりとした夜を、素晴らしくもあり不安を抱かせるとともに壮大ですぐそこにある月を、リリはいままで見たことがない。リリは月に、音もなく地球にそっと触れにやってきた惑星――それとも本当は地球のほうが軌道をはずれてこの衛星に近づいたのだろうか？――に向かって歩く。どこまで近づけるのだろう。衝突するまで、あるいはたんに隣に並ぶまで？彼女は誰かのもとへ向かっていくように小走りをはじめ、不安と感嘆とのはざまで揺れながら、この凍えるような純白の輝く巨大な仮面を見つめながら走る。

彼女は走る、自分が突進していることの不条理は無視して、なにもかも忘れながら、時間も、寒さも、自分自身をも。彼女は月の球体に魅了された昆虫にすぎない。天上の並外れて大きい物体によって磁化された原子、もっと大きくふくらむため、あるいは消えるために致命的な喜びのなかに溶けこみたいというだけの純粋な欲望にすぎない。なにも望まない純粋な欲望。だが寒さが弱まることなく彼女に厳しく攻撃し、息を切れさせ、彼女は歩みを緩める。そして月は、平然とした計り知れなさでもって彼女に静かに平手打ちをし、意識を目覚めさせ、自分の限界に舞い戻らせる。彼女は凍えて家に帰り、物事の現実を疑いながら、平穏であり脅威でもある美の不意の出現に驚き、自分の微小さに愕然とする。

# 21

シャンタルからの便りはしだいに遠のいていく。短い近況報告が冴えない文体で記されている。彼女は向こうが気に入っており、海の見える大きな家に住み、テアタはこころよく彼女を受けいれてくれ、父親はよく働き、ふたりの男の子はやさしく、彼女はあっという間に英語を習得してすでに学校ではうまくやっており、もうすぐ普通に就学できるようになるだろうとのことだ。シャンタルはスポーツに励んでいて、ウォータースポーツと馬術、それにダンスもつづけている。こちらに休暇のあいだだけでも帰ってくることについてはなにも言及しない。クリスティーヌについてはちらともほのめかさない。結局のところ、彼女はなにも言っていない。フランスにいる家族に対して言いたいことは、彼女が書いている短い無味乾燥な文章の外に、解読を必要とする言外に書かれており、以下のように要約することができる――「どいて、出ていって、そこにじっとしていて、ここにいるわたしを放っておいて――あなたたちといるよりましだから」

ジャンヌ＝ジョイはなにも言わなくなり、両親にもリリにもほとんど話さなくなる。あれから彼女は頻繁に外出するようになり、遅い時間に帰宅することもざらで、母親がどんなことをしているのか、勉強や交際はどうなのかと訊ねても素っ気ない返事をするだけだ。報告することなどなにもないと思っているのだ。賢い立派な娘は、横柄でとげとげしい若い女性に変わった。

ある朝、他愛のない情報をたらたらと並べ立ててあるシャンタルの手紙を読みながら、ヴィヴィアンは目を閉じ、頭をこっくりこっくりさせて椅子に座ったまま眠りこむ。両手は開いたまま机のうえに置いてある。まどろみは十数分つづく。目が覚めると彼女はしばらく動けず、麻痺したかのようになる。そしてやっとの思いで痺れから抜け出す。これが最初の麻痺の発作である。それ以来、一日に何度か時間帯に関係なく抗しがたい睡魔に襲われるようになる。立っているときに発作が起きると、自宅だろうが誰かの家だろうが公共の場だろうが、ブロックのうえにくずおれてそこで寝るか、地面のうえででも寝てしまう。落ち着いている日もあるが、そうでない日にはひっきりなしに眠りの発作に見舞われることもある。そして夜は不眠に苦しむ。幾人もの医者に相談してみるものの、徒労に終わる。身体的な異常はどこにも見当たらない。

まもなくヴィヴィアンは外出することができなくなる。誰かに付き添われていたとしても危険すぎる。店内や道の真ん中でいきなり眠りこんでしまう彼女を、彼女の無気力な体を、どこへ連れて行けるというのだろう？　もっとも、アパルトマンに閉じこもっていようと決めるのは彼女自身である。だが彼女は檻のなかの動物さながら、昼は眠りの発作の合間に、夜は不眠の合間に、家のなかをうろうろするようになる。まったく集中できなくなってしまい、もはやなににも興味をもたなくなる。読書や音楽鑑賞が大好きだったのに、本にもレコードにも目もくれなくなる。あれほどまでにつねに自分の格好に気を配っていたのに、身なりにも気を遣わなくなる。ジャンヌ＝ジョイがますます頻繁に外出し、しばらく帰ってこない日がどんどん長くなっていっても、もう訊ねることすらしない。誰もジャンヌ＝ジョイがどこで誰といるのかを知らない。ポールが大学の教育課程にとりあえず進むことを受けいれ、それはすなわち、おそらくラ・トラップ改革修道院の門を叩くことをやめたのだろう、修道院生活に誓いをたてることをやめたのだろう、とヴィヴィアンはあんなに嬉しそうにしていたのに、一年目の試験で好成績をおさめたという話を聞いても喜びさえしない。七年以上の長きにわたってつづいていたアルジェリア戦争に終止符を打つエヴィアン協定が結ばれるときも、彼女は無反応のままだ。喜びが彼女から遠ざかり、意欲も感覚も失ってしまった。彼女はなにも訊かず、どんな出来事にも意見せず、それがたとえ重要であろうが取るに足らないことであろうが不平を言わず、抵抗することもなく降りかかる不幸を受けとめる。幾度となく跳ね返ってくる積み重なった不幸が、彼女には大きすぎて、苛酷すぎて、疲れさせすぎる。もはや闘う力がなく、死ぬほど疲れているのだ。

ガブリエルは心配してポールに母親の状態を知らせ、彼女を入院させる。自分の義理の子供たちのなかでほかに誰に相談し頼ることができるだろうか？　双子の片われは論外だ。以前はあれほど思慮深く世話好きだった長女にしても、いまでは無責任な振舞いばかりしているし、もっと悪いことに、彼女のせいでヴィヴィアンはますます悲嘆に暮れるばかりだ。

ポールは戻ってきて母に会うが、もはや以前の面影はなくなっている。彼女は活力も威厳も輝きも失っていた。ジャンヌ＝ジョイにも会うが、こっちも以前の彼女ではなくなっていた。彼女は落ち着きや親切心、慎ましさを失っていた。リリに、彼はこう言う――「すくなくとも君だけは変わっていないね」そして彼はそのことをありがたがる。実際、リリは長所としてなにを失うことができるだろうか？　自分にどんな美徳があるのかわからない。渦を巻き起こすこともなく、一歩さがったところにいて、舞台の端や舞台袖にいる技術とでも言ったところだろうか？

## 22

アパルトマンはいまやすっかり空っぽになり、その空白が父を打ちのめす。彼はヴィヴィアンが恋しく、心配だ。シャンタルがいないのも寂しいが、逃亡者たる彼女のせいで彼は傷ついた。クリスティーヌも恋しく、このもっとも非情な欠落は取り戻しようがない。ジャンヌ＝ジョイについては、もはや家を出てどこかよそで暮らしてほしいとすら願うほどに彼女には失望し、彼女がときどき思い出したように家に帰ってくることが不愉快になってきた。残っているのはリリ、彼の唯一の娘、控えめで変わらずに、いつもそこにいる子。おそらく彼は彼女がそこにいることに気づかないほどに彼女に慣れすぎている。彼女はひとつの証拠であり、たしかな成果である。

ある夜、リリが寝る前に父におやすみなさいを言いに行くと、彼は居間の肘掛け椅子のなかでぐったりとして、ガラスのような眼差しで、両腕を肘掛けからだらんと垂らしながら座っている。隣にある低いテーブルのうえには、チェスボードが置かれている。すべての駒がひっくり返っている。リリは父が酔っぱらっているところを見たことがなかった。ワインを飲んで陽気になる程度に酔っているのはたまにあったが、こんなふうに酔いつぶれているのははじめてだ。彼女はビルボック王の物語を思い浮かべる。王は暇をまぎらわすため、メランコリーをやわらげるために涙の茶を用意していた。ここでは、涙のウィスキーだ。

リリの背後で笑い声が聞こえ、ふり返るとジャンヌ＝ジョイが立っている。彼女が入ってくるのが聞こえなかった。彼女はいつもこそこそと逃亡から戻ってくるのだ。リリは父のこんな状態を見て憤る。ジャンヌ＝ジョイはせせら笑い、「悲しみに溺れているのね、かわいそうな人。女性陣がいなくて退屈なんだわ。ふたりは本当に似ているわ、お母さんと彼は。かわいい娘たちがいなくて憂鬱でしかたがないんでしょ。そう思わない？」それからこうつづける――「だってあなたはわたしと一緒で、重みがないのよ、いまだってそう。わたしたちは二番目の娘たちにすぎない。端役で、代役にもなれない」そしてもう一度「そう思わない？」と言って話し終える。おどけたように見せたいのだろうけれど、皮肉にしか聞こえない。彼女はリリに答える間も与えずにチェスの駒を拾い集めてから、父を彼の寝室まで運ぶのを手伝ってちょうだい、と言う。父はベッドに倒れこむ。「さあ、じゃあ寝に行って。彼はもう寝ているから。明日になったら、ウィスキーの酔いからさめるでしょ。たいしたことないから行っていいわよ」ジャンヌ＝ジョイの声はもう皮肉っぽさがなく、普通で、むしろ安心させる声だ。彼女は明かりを消し、ふたりは部屋から出てそれぞれの寝室にさがる。

夜中にリリは目を覚ます。部屋のドアの窓ガラスが緑っぽく見える。廊下の天井灯がついているからではない。もしそうならもっと明るいはずだ。父の部屋の電気がついているにちがいない。酔いからさめたのだろう。もしかしたら気分が悪くて助けがいるのかもしれない。彼女は迷ったすえ、起きあがる。部屋のドアがやはり開いている。近づいてみるが、敷居のまえで立ち止まる。枕元のランプだけ明かりがついていて、やさしい琥珀色の光を放っている。しかし、リリの目にうつる光景には、やさしさなど微塵もない。粗暴なわけではないが、ただ尋常じゃないのだ。美しくも醜くもないが、グロテスクだ。ジャンヌ＝ジョイがベッドの真ん中で枕を背もたれに上半身だけ起こして寝転がっており、その姿は彼女がチェロを弾くときの姿を彷彿とさせる——膝を大きく開き、腕で楽器をつつみこむ。ただし、いま彼女は裸で、腕に抱いているのはチェロではなく男性だ。その男の頭は彼女の首のくぼみに置かれている。その肉体の楽器は、父だ。彼の肌はくすんだ白色で、ジャンヌ＝ジョイは乳白色に近い白だ。リリには、ジャンヌ＝ジョイが部分的にしか見えない——持ち上げられた膝、腕、肩、明かりの暈《かさ》のなかで光る歪んだ乳房。彼女の胸は小さいが、厚ぼったく濃褐色の乳首があり、そのまわりを赤紫色の輪が囲っている。上半身のほかの部分、腹と骨盤は父の大きな体でふさがれて隠れている。彼の体は、彼女のうえに横たわっているというよりも、どさっと倒れているという感じである。

倒れている彼女の父は、まるで大きな小麦粉の袋みたいに倒れて崩れて、彼女のビルボックこと父は彼女に尻を見せている。彼女の狂った王は彼女に尻を見せているのだ、慎み深く、威厳のある、いつも礼儀正しい彼が！　老いた雪うさぎのように青白い尻。彼女は、彼の腰と肩に不揃いの長さの薄紫色の縞模様があることに気づく。裸に負けず劣らずそれにもショックを受ける。

ジャンヌ＝ジョイは頭をかるく後ろに反らせており、栗色の髪の毛が枕のうえで曲がりくねり、タコの足を思わせる。顔は無表情のようだが、目が半分開いていて、リリを見ている。彼女にはリリがよく見えるのだ。小麦粉の袋の父、ウィスキーの袋、涙の袋の父の娘が、そこで、自分の前で、自分たちの前で、戸口で棒のように突っ立ってかたまっているのが。ジャンヌ＝ジョイはまばたきせずにリリを見る、目を半分閉じながら、瞳を動かさずに。亡くなった祖母の足元でまるまりながらリリを見つめていた猫のグリゾンとおなじ目をしている。だがリリの父は死んだのではなく、たんにウィスキーで、悲しみで、苦しみで酔っぱらっているだけだ。リリは父のしゅーという息づかい、よく響き、ときおりしゃがれる音が聞こえる。ジャンヌ＝ジョイが演奏するときの音と似ている。

なにかがしっくりこない。演奏者は、自分の楽器ががんばって息をしているのにもかかわらず、彼女自身はまったく音を発さず、手も無気力で、口をつぐんでいる。役割が逆転し、地位が転覆し、秩序が倒錯している。沈黙の、鋭い不協和音がそこにはある。視覚的に耐えがたい侮辱がある。理解不能な混沌がある。それらがあまりにも気持ち悪く、リリはあとずさりして遠ざかり、廊下の壁にぶつかって、走って自分の部屋にもどる。そして、まるでジャンヌ＝ジョイの格好をして両親のベッドにのさばる、あのぬめぬめとしたタコがリリを捕まえ絞め殺しに追ってくるのから逃れるかのように、部屋のなかで身をひそめる。

翌日、父は前の晩のことについてはなにも触れず、ただ家を引っ越すことだけを告げる。このアパルトマンは広すぎるし、思い出に取り憑かれすぎている。彼はヴィヴィアンが病院から帰ってくるときに、新しくまっさらな場所を与えてあげたいのだ。庭つきの小さな家だったら、家にいながらにして外の空気を吸える。この知らせはリリを出し抜く。彼女は父に、寄宿学校に入れさせてもらえないかと頼もうと思っていたところだった。とにかくこの滅びゆく家族の筏《いかだ》のうえで暮らしつづけること以外だったら、なんでもよかった。父にジャンヌ＝ジョイはもう我々とは一緒に住まないときっぱり告げられると、リリの決心は揺らぐ。父はこの決定を正当化するために、長女である彼女は自立する潮時なのだと説明する。最年長で法学士号も取得しているし、チェロを教えることだってできるし、自分でどうにかやっていけるだろう。むしろ彼女が一緒にいることはもはや望ましくない、それどころかヴィヴィアンの慰めに悪影響だ、ともつけくわえる。

彼は前の日に娘が自分の酔っているところを目撃して、ジャンヌ＝ジョイとふたりで彼をベッドまで運んだことを覚えているのだろうか？　夫婦のベッドのうえで裸になって義理の娘のうえに乗りかかっているのをリリが見て驚いたことを知っているのだろうか？　ずっと賢かったのに、不意に底意地が悪く破廉恥になった年頃の娘に負けたことを、彼は認めているのだろうか？　シャンタルが乱暴とはいえ自分のためにと思って我先にと逃げ出したように、リリもまた家を出て、彼らみんなから自分の身を守りたいと思っていることを、彼は想像しているのだろうか？　ためらっているリリに、父は決定的な一打を与える――「この悲痛のなかで耐え抜く力があるのはおまえだけだ。おまえは強いな、自慢の娘だよ。本当に、自慢だよ」そう言いながら、彼女に微笑みかける。悲しみや混乱が刻みこまれた微笑みだが、同時にそこにはリリへの信頼もある。リリへ、彼がようやく見つけ出したらしい娘への信頼。

　こんなふうに言われて本来ならばうれしいはずだったが、言われたのが少々遅すぎたし、父の言い方も疲れのせいで弱々しかったので、リリの喜びも父の微笑みと同様、弱々しかった。彼女のなかに不快の入り混じった悲しみの腫れ物ができてしまい、それが頭から離れない映像で炎症を起こす。父の頭のうえに紫色の光につつまれた乳色の胸がある。彼を抱きしめながら、彼の上半身のうえに張り出した、白い大理石から切り取られたようなとがった膝がある。リリの目に飛びこんできて彼女を釘付けにした、傷跡が幾筋もある背中とみじめに露わになった尻がある。チェスボードやテーブルや床のうえに散らばりひっくり返った駒がある。倒された黒と白のポーン、崩れ落ちたルーク、敗走しているナイト、打ち破られたキングとビショップ、投げ飛ばされたクイーン。火と風のクイーン、すべてが戦火と流血の場と化している。チェック、そしてチェックメイト、キングは取られ、敗れ、解任された。ひとりぼっちのビルボック、純粋な麦芽の涙の茶を飲む人、愛情と恥を口ごもる人と、彼女、まだ倒れていないまともな娘が残る。彼女が立っていられるのは、まさしく、つねに蚊帳《かや》の外にいたからだろう。閉ざされた庭つきの小さな家で彼女は父とヴィヴィアンの二本の松葉杖となるのだろうか？　いったいいつまでボラ風の襲撃を被らなければならないのだろう？

　父はリリの反応を、彼女からの快諾を待つ。彼には後押しが必要なのだ。リリは、「いや、いや、いやよ！」「もう！　あなたたちの悲劇はもうたくさん、不幸も、あなたたちみんなも、もううんざり。わたしは出ていきたいの、出ていく、出ていく！……」と叫びたい。しかしできない。彼女は

「家はどこなの？　都市、それとも郊外？」と訊ねる。彼女は武器を振りかざすことなく下ろす。ディアスコロスではなく、永遠にただのビルボックという名の男に負けて。

# 23

ジャンヌ＝ジョイはときどき父とヴィヴィアンとリリが引っ越した家にやって来る。彼女は弁護士事務所に職を見つけ、都心のワンルームを借りている。かつての慎重さや親切心を取り戻す代わりに、すっかりおとなしくなってしまったようだ。訪ねてきても以前より消極的でよそよそしく、すこし尊大である。自分の生活についてはほとんどなにも話さないし、誰かを自宅に呼ぶこともない。みんな彼女の住所すら知らない。

ある日を境に、ジャンヌ＝ジョイは来なくなる。母ヴィヴィアンは心配して彼女をどうにかつかまえようとするが、彼女のほうは避ける。しまいに彼女は手紙をよこしてきて、そこには、しばらくひとりになってもう一度チェロに真剣に打ち込みオーディションを受けようと思う、自分の天職は法律ではなく音楽なのだ、と書かれている。手紙はかなり支離滅裂で難解だ。それでも、かならず近いうちに家族に連絡する、と記されている。それから何週間も経ってから、ジャンヌ＝ジョイが押しつけてきた不可解な待機に終止符を打つ電話が都内の助産院からかかってくる。言葉少ない情報だけが伝えられる。ジャンヌ＝ジョイ・マテスコが女の子を産んだ、出産は問題なく終わり、母親は健康、しかしひとつ問題があるのでヴィヴィアンに来てほしいとのことだった。ジャンヌ＝ジョイは分娩に入るときに緊急の連絡先としてここの番号しか渡さなかったのだ。父が不在なためリリがヴィヴィアンに付き添うが、ふたりとも唖然とする。

医者がヴィヴィアンを彼の部屋に通し、リリはそのあいだ待っていてと言われる。頭がくらくらするようなごたまぜの饐《す》えた病院特有のにおいに吐き気がし、記憶が蘇る。クリスティーヌのそばで——死んだクリスティーヌのそばで、遠くで、虚しく待っていたあの時間が、ときおりゆっくりと意味深にもどってくる。額に包帯を巻いたクリスティーヌ、かつてないほどに顔は痩せて尖り、両腕は体に沿ってこわばっている。象牙のように白い布でキルティングをした棺のなかで、あんなにも小さくなっているクリスティーヌ。念入りに鋲《びょう》を打ちつけられた蓋のうえに押された赤い封蠟《ふうろう》。真新しい地下墓所に下ろされる棺、涙に濡れるみんなの顔に触れる生ぬるい風、弱くこもった音をたてて蓋のうえに投げられだんだんと消えていく一摑みの土、そしてあっという間に萎れてしまった花の山。もう一年以上も前のこと、昨日のこと、いまこの瞬間のこと。リリは不意に何度もこみあげてくる涙をこらえようと歯を食いしばる。

廊下の奥にあるエレベーターから降りてくる大きな父の姿にリリは気がつく。彼女の目は曇り、視界がぼやける。父は自分の前に立ちはだかる迷路のような廊下でどっちに行こうか迷っている。リリはもたれかかっていた壁から離れて彼に会いに行く。合流する頃には彼女の目は乾き、目だけでなく心でさえも乾いて、彼女のなかで冷たい怒りが悲しみと入れ替わって涙を追いはらう。お父さんが、子供の父親なのだろうか？　彼女の心にふとこの疑いが生まれ、憤慨させる。「ジャンヌ＝ジョイが女の子を産んだんだって。お父さんが……？」そこで、言葉が喉につかえて文章を言い終えることができない。父は娘の疑惑を推察し、彼女の敵意を感じ取る。彼はまっすぐ彼女の目を見て、うっすら微笑みを浮かべながら「おいおい、リリ、なにを想像しているんだ？」と言う。そしていつにない穏やかな淫らさでもってこうつけくわえる――「わかるだろう、おまえにも。酔っぱらった男はなんにもできやしない、特にこれっぽっちもそそられない女性にベッドに誘われてもな」それだけで話は終わったが、彼女の疑念をはらうにはこれで十分だった。それでもなお、リリは赤茶けた髪の赤ん坊を目の当たりにするのではないかと恐れる。

子供はかわいい。髪は茶色で、光があたっても赤いところは見当たらない。元気そうで華奢な顔立ちをし、非常にきめの細かい肌は半透明のように見える。彼女はソフィーという名らしい。らしいというのは、ジャンヌ＝ジョイが出産の前日にこの名を助産婦に告げていたからなのだが、はっきりと言ったわけでもなかった。「もし女の子ならソフィー、男ならフェリックス」と言った。〝賢い娘〟が失った叡智《ソフィア》のソフィーなのだろうか？　そしてフェリックスは、彼女のお気に入りの作曲家のひとりであるメンデルスゾーンの名から、あるいはひょっとすると、彼女が好きだったのか今なお好きなのかもしれないこの子供の父親の名からとったのかもしれない。だがそのことを知る由はない。ジャンヌ＝ジョイは生まれたばかりの子を見た途端ひとことも発さなくなり、ただ見た瞬間に喉の奥で「いや！」と言って、徐々に声を小さくしながら息が切れるまでそれをくり返したのだった。彼女は赤ん坊を押し返し、見ないようにするために頑なに顔を背け、乳児があらゆる攻撃をしかけてくると言わんばかりに身を守るようにして胸の前で腕を組み、夜までそんなふうにしてひどい動揺と拒絶の状態のまま過ごした。そうして夜のあいだに、看護婦たちの監視の目を盗んで病院を抜け出した。

この赤ん坊の顔はたしかにとても恵まれているものの、体のほうは不完全で四肢に障害がある。手が胴に直結し、足が未発達の腿につながっている。と言っても、どちらもあまりに短すぎてあるのかないのかわからないほどである。腕も脚もなく、翼の先端部とミニチュアの足ひれがあるだけだ。さながらアザラシの赤ちゃんのようだ。もっとも、ソフィーと同様の形態異常を形容する言葉は、まさにこの動物に由来している――アザラシ肢症。ソフィーはアザラシ肢体の女の子だ。とはいえ、どちらかというと耳には心地よい言葉だ。リリはその日ほかにも耳慣れない言葉を聞く。サリドマイド、妊婦に催奇形性をもたらす鎮静剤兼吐き気止め。医者は、一年以上も前に販売中止になり、フランスではほぼ絶対に処方されることのない薬をジャンヌ＝ジョイがどうやって入手できたのかがわからないと言う。だがその疑問には誰も答えられない。家族はジャンヌ＝ジョイが妊娠していたことすら知らなかった。彼女は誰にも話さず、お腹が大きいのが目立つ前に姿を消すよう気をつけていた。彼女は母を驚かせたかったのだろうか？　ある晴れた朝に赤ちゃんを腕に抱きながら不意にあらわれて、「ほら、今度はわたしの番、わたしも母親になったんだ。わたしのかわいい子を見たい？」とでも言おうとしていたのだろうか？　ジャンヌ＝ジョイはこんなふうに秘密や嘘や欺きや逃亡の技を磨いていき、こうなっては誰もどう考えればいいのかもわからない。ひょっとすると彼女は前の年にベルギーかドイツにでも行って、あっちでは害がなく不安の発作に有効と評判のこの鎮静剤を買ったのだろうか？　そしてそれを今回は妊娠初期のつわりと格闘するなかで薬の有害性については知らずにふたたび飲んだのだろうか？　もしかすると彼女はいまフランス国外に避難先を探しに行っているなんてこともあるかもしれない。ヴィヴィアンはなんとかして彼女のことを理解しようとしていくつもの仮定をつくりあげ、過去、現在、そして迫りくる未来のなかでジャンヌ＝ジョイを追跡し、蛇行と迷いのなかにいる彼女の後を追って行こうとする。

リリは赤ん坊に会って、後ずさりしてしまう。ガブリエルは、根深い不可知論者であるにもかかわらず、思わず弱々しい声が漏れてしまう――「ああ！　神よ！……」ヴィヴィアンは長いこと赤ん坊を見つめ、動揺や嫌悪の気配をすこしも見せない。彼女は注意深く、眉をしかめながら見つめる。やがて赤ん坊に手をさしのべ、亡きクリスティーヌの顔のそばにさしのべたときとおなじ繊細さでもって、しかし今度は手を引っ込めることなく、もう一方の手も添えてそっと少女を抱き上げ、胸にぎゅっと抱きしめて赤ん坊の頭を彼女の首のくぼみに置く。そしてふたりともが微笑む。内気なかすかな笑みだ。

# 24

ソフィー・ジャンヌ・マテスコ、これが新参者の名前で、ヴィヴィアンによって確証され完成された。ヴィヴィアンは放蕩《ほうとう》娘が帰ってくるのを待つあいだ、赤ん坊を引き取ることにした。というのも、ジャンヌ＝ジョイが帰ってくることをヴィヴィアンは信じて疑わないのだ。彼女自身もかつて父親のいない、しかも彼女のモデルとしてのキャリアを台無しにするかもしれない子を産んだときに、その子供を捨てたい誘惑に駆られたことがある。おまけに最初の三年間、彼女はジャンヌ＝ジョイを田舎の乳母のところに預けたのだった。ポールが生まれたのを機に彼女はジャンヌ＝ジョイを連れ戻し、自分の家で新しい乳母のもとふたりの子供を一緒に育てることにした。双子が生まれると、彼女はパリを出てモデルの世界も後にして、ジョルジュ＝エドゥアール・ファレーズと大きくなった家族とともに田舎で暮らした。

これほどの重い障害をもつ子供を世話するのは無理だとガブリエルは熱心にヴィヴィアンを説得するが、失敗に終わる。ソフィーには四六時中注意と世話が必要なのだから、急な睡眠の発作に見舞われるようになってしまったヴィヴィアンにはそれを引き受けるのが無理なばかりか、自身のナルコレプシー症状を悪化させかねない。ところが蓋を開けてみると、逆の結果となる。楽でもなくなんとしてでもやらなければという思いに駆られ、ヴィヴィアンは自分のうちに埋もれて散らばっていた力を結集し、何カ月も前から彼女を襲っていた麻痺の発作を跳ね返す。これまで自分のどの子供にもしなかったほどに、この体の不自由な少女に一身を捧げる。ソフィーはどこまでも〝子供〟だ、永久に自立することも自己防衛することもないのだから。それにさほど明日もない。四肢の奇形に加えてほかにも、内側にも奇形があり、それが悪く作用する。そのひとつが心臓だ。ソフィーの命の希望はとても限られていて、医者曰く、もって数年だそうだ。ヴィヴィアンは宣告された診断をしっかり聞き入れ、いかなる奇跡も望まず、ただ最大限の喜びとやさしさをこの恵まれない子供に与えようと身を投じる。なぜなら少女の日々は残りすくなく、それに比べたらほかの家族銘々は小さな永遠なのだから。ヴィヴィアンは自分や娘たちにばたばたと降りかかった不幸を払いのけ、手なずけて、もうこれ以上不幸に不意を突かれたくないと思う。

ヴィヴィアンが穏やかに静養できるようにと父が選んだ郊外にあるこの家は、こうして予期せぬゲストを迎える。大きな揺りかごの底から、さえずる沈黙と身体不随によってソフィーはあらゆるものを一変させる。崩壊の危機にあった家族はふたたび体制を整える。ポールは完全に学業の方向転換をし、経済と経営術をやめて演劇パントマイムをはじめる。もしいつか彼が修道院に入ることになったとしても、その共同体で会計を務めることはなく、ピエロ修道士やアルルカン神父、はたまた道化師を務めることになるだろう。神と真剣に向き合いつづけることなんてできないよ、だって神のほうが真剣とは思えない、自分の被造物がこんなに見紛うほどの気まぐれの餌食になっているっていうのに、と彼ははじめてソフィーを目にして言う。こんなにも度々人生をねじ曲げる不条理と残酷さを目の当たりにして、いったいどうやって信心深くいられるっていうんだ、と彼はこれを口に出しはしないが、自分の信仰に対する厳しい挑戦として感じる。

シャンタルが二年以上ぶりに休暇でフランスに帰国して姪と対面し、ひとつだけ指摘する――この子はクリスティーヌとおなじ目をしている、漆黒で笑みをたたえている。それ以外のことはソフィーについてもいなくなったジャンヌ゠ジョイについてもなにも言わない。彼女自身も苦しみに追われて逃亡し、そのことを後悔していない。それぞれが自分の人生を、心を、理性を自分のやり方で救ってほしい。彼女は遠ざかることを選択したが、その選択は効果的だったようで、心が安らいでいるようだ。攻撃性がなくなり、辛辣な考え方もしなくなり、厳しさもうちに埋もれて自分自身に向けられるようになり、そして美しさがより飾り気のない素に近いものになった。彼女はダンスに専念したいと考えている。もうフランスに戻ってくるつもりはなく、アメリカに勉強しに行こうと思っている。彼女のなかでは子供時代や母方の家族や祖国との断絶はすでに完遂されており、それは彼女が自分自身とほどほどに静かに生きるための代償なのだ。それは同時に、彼女が母と家族のみんなに強いる代償でもある――静かに距離をおくこと、加減された愛情、節度のある無関心。はっきりそう言われていないにしても、ヴィヴィアンにとってはこの拒絶にやさしさなどかけらも感じられないだろうが、彼女はなにも言わない。どんな批判も嘆きも、なにか言ったところでシャンタルをより遠ざけることにしかならないとわかっている。娘がこのように振舞うのはべつに父親や彼のもうひとつの家族やニュージーランドが気に入っているからではなく、自分自身を守るがためなのだろうと察している。シャンタルは自分の体にダンスの厳しい訓練をたたきこむだけでなく、それ以上に自分の感情に距離をおく術をたたきこんでおり、ひそかに、モデラートに愛することを心に教えているのだ。

# 25

それは何時頃だろうか、ちょうど日が沈もうとする頃のことである。リリは高校から帰宅中で、古い線路をまたいでいる橋を渡る。太陽が地平線に消え、空は徐々に暗くなって藍色を帯びてくる。光は火の塊となって地表すれすれのところに沈みこんでいくようで、それと同時に空が青さを濃くしていき、その輝きをかきたてている。遠くで、だんだん引いていく流光が線路のうえで反射し、白金に輝いている。リリは手すりに肘をつく。空の青さがますます濃く暗くなっていくので、線路に射す太陽の細い光線はますます輝き、まるで水面に浮かぶ船の航跡のようだ。「きれいね」落ち着いてしっかりとした声が近くでする。振り向くとリリの背後にクラスの女の子が立っている。名前はブランディン。目立たない、ちょっぴり不愛想で、学力も平均的で誰の注意も引かない子だ。彼女がリリに話しかけるのはこれがはじめてだ。

ブランディンは防火帯にかがみこみ、手すりのうえで腕を組んで手首のうえにあごを乗せる。「劇場とおなじ魔法よ」と、彼女は言う。リリはこの急接近をよく理解できず、べつの空想に思いを馳せる——船の白い航跡、あるいはカタツムリが草の上に引きずる長い粘液の線。しかしブランディンが話しているのは線路ではなく空の方で、この大きな紺碧の一面の下方には、いまでは翡翠色の光線が見える。「あなたはどう思う？」と、彼女は体勢を変えずに訊く。「これは幕開け、それとも幕引き？わたしは毎晩この問いを自問しているの。黒へと変色していくこの青の背後ではなにが起こっているんだろう、なにが上演されているんだろう？　わたしたちの夢？　本当の人生？」なにが上演されているかって？　なにもない、闇と火の渦だけ、遠くの星々の衝突と爆発、それがこの地で頭や心のなかで起こっているのとまったくおなじように、でももっとずっと大きく、計り知れないほどもっと力強く起きている、ただそれだけ、とリリは思う。だがリリはこう答えるだけにとどめる——「わからない」

ふたりはそれぞれの方角へと別れるまですこしのあいだ並んで歩く。ブランディンのほうがよくしゃべり、リリはすこししか話さないが、ふたりとも言葉を尽くさずとも理解し合っている気がする。ブランディンはリリのはじめての真の友達となり、そして自分のことを正式な名であるバルバラ——父がこの名をリリアンヌに置き換えることに固執しているために、いまだに家族にも高校にも知られず隠されていた名——と呼んでくれと言う最初の人となる。

# 26

ソフィーは休むことなく物も人もすべてを一様の鋭さで観察している。彼女はよく笑い、ほとんど泣かない。彼女の笑いにはカリヨン（教会の塔につるされ、鍵盤または時計仕掛けで奏される一組の鐘）の響きがある。歩行や立つことすらままならない代わりに、はやくから話せるようになる。彼女は奇妙な話し方をし、話す言葉や文章が変というのではなく、すこしシュー音不全癖のある声でかすかなイントネーションをつけて話すのでそう感じるのだ。

ソフィーは花が好きで、何時間でも花束を眺めていられる。空っぽの花瓶を見ると不安になり、かびんがはらぺこだよ、おはなをいれてあげないとかなしくてわれちゃうよ、と言う。お気に入りは、アネモネ、アイリス、キンポウゲ、オールドローズである。彼女にとってアネモネの花びらは黒や黄色の手のひらの周りに輪になって並んだまるい指で、バラの花びらは瞼、アイリスの花びらは空を舐めて青や薄紫色になった舌、そしてキンポウゲの花びらは太陽に耳を澄ます小さな耳なのだ。自分とおなじように動くことができず世界に影響力をもたない花々を、自分と重ねているのだ。力をもたない体、じつに脆く、地上において微小でつかの間の居住を与えられた、自然や獣や人間の慈悲にゆだねられた体。花束であろうと庭に咲く花であろうと、彼女はつねに内緒話をしている。ただあまりにもか細い声なので、なにをささやいているのか人には聞こえない。

ソフィーがまわりの人びとに投げかける眼差しは、極めて純真でまっすぐなため、燃えるよう、人の奥深くまで突き刺すようなときがある。そのひとの闇の核心へと誘い、そのひとが人生においてなにをしているのか、そして彼女の身体不随の理由や、人間の大地にうちあげられ決して居場所を得ることのない魚形の子の孤独の理由の答えがないか訊ねている。その眼差しには不平も非難もなければ怒りも挑発もなく、ただ鋭くうずくような問題提起があるだけだ。やっぱり、とリリは一度となく考える、ソフィーの眼差しはわたしたちを呼びつづけているクリスティーヌのもので、自分の若き死の苦しみに対するわたしたちのサインや答えを待っているんだ。月も星もない夜色の強烈な輝きをもつこの眼差しを前にして、リリはときどきこの体と時間を切断された子に対して寒気や悲しみ、同時に狂おしいほどの愛情に襲われることがある。また、この世における自分自身の存在や、生きとし生けるものの存在理由についてかつて抱いた疑問がまたもや浮かんでくる。リリは神を被告人としても、弁護人としても、被害者としても、ただの証人としてすら召還することはない。彼女は神の観念に関して特別な魅力も反感も抱いているわけではなく、ただこの考えだけは彼女の頭に浮かばないのだった。もし信仰することがひとつの才能だとしたら、この才能はリリには与えられなかった。

ガブリエルは一度としてソフィーに触れようとせず、彼女の存在を、とりわけ彼の居心地を悪くさせる彼女の眼差しを避ける。もしかするとこの子の顔がクリスティーヌに似ているのが耐えられないのかもしれない。なかでもソフィーが花束を眺めているときは、クリスティーヌがチェスをしていたときのように集中しているのでよく似ている。一方で、彼はこの招かざる客に愛着を抱いてしまっては、彼女の短い寿命に終わりがやってくるときに苦しむことになるのを恐れて、彼女を必死に無視している。それとも問題なのはもうひとつべつのより曖昧な恐れ、誰の子なのかわからないこの子を介したジャンヌ＝ジョイからの拒絶なのかもしれない。あるいは、すでにクリスティーヌの死やシャンタルの冷淡さやジャンヌ＝ジョイの無分別な行動によって夫婦生活が危機的状況にあるなかで、ヴィヴィアンの極端なまでの献身ぶりがそれをより危うくしてしまうことを心配しているのかもしれない。

# 27

ついにリリが家を出ていく番、生まれてからずっと育ってきた町を出ていく番になり、家族はますます小さくなってまとまりがなくなっていく。リリは宝石学の講座を受講するためパリへ発つ。べつに鉱物や貴重な石への情熱があるというわけではなく、ブランディンがそうするので付いていくことにしたのだ。ふたりは学生寮でルームシェアをする。かつては重苦しかったがいまでは懐かしくなった共同部屋での生活にまた戻る。ブランディンとのあいだではライバル関係も闘争もなく、互いに補い合う関係で、ひとりがお喋りならもうひとりは寡黙で、より大胆なほうが慎重なほうを刺激し、より冷静なほうが軽率なほうを落ち着かせる。

パリに来てから、新しく知り合う人たちにはバルバラと自己紹介をする。バルバラ・ベレガンス。彼女にはその権利がある、この名は彼女のものであり、ちゃんと身分証明書にもそう記されている。母はこの名を彼女に付けたのであり、これは母が人生において彼女にくれた唯一の贈り物なのだ。彼女は失踪した人、地中海の水と一体になった見知らぬ人への呼びかけとして、そして父と母が愛し合っていたときを呼び覚まそうとして、この名を名乗る。どんなかたちであれ、ふたりとも亀裂が入る前までは愛し合っていたはずだし、母も彼女のことをすくなくとも少しは、はじめだけでも愛していたはずだから。

バルバラ。この名を名乗るようになってから、彼女は愛を知りはじめる。**男がポーチのしたで雨宿りをしていた　そして君の名をさけんだ〝バルバラ〟と　君は雨のなか彼のもとへ駆けていった　濡れて喜びに顔を輝かせながら　そして彼の腕のなかに飛びこんだ　そのことを思い出してごらんバルバラ……**バルバラ、ギヨームの腕に抱かれ恋する彼女の名。数年前から、ひとりの女性がこのAばかりの三音節の名を流行らせている。その女性とは、黒くて長いオランダカイウのようなピアノの弾き語りをするシャンソン歌手である。彼女はこの芸名をジャック・プレヴェールからとったのではなく、ロシア出身の彼女の祖母であるヴァルヴァラ・プロドスキーからとり、黒く染めた。おそらくべつの詩人、ランボーからそのインスピレーションを受けたのだろう。ランボーは母音のAをこのように形容している——「**黒いコルセット、むごたらしい悪臭の周りを飛び回る輝く蠅たちで毛むくじゃら、暗い入り江のよう**」バルバラ、影とインクの三つの入り江で区切られた美しい語、深い夜の輝きをもつ深淵に穴を穿《うが》たれ、そこから夏の夜の霧雨のように心地よい歌が舞い上がる。メランコリーと明晰さと清澄さにつつまれた残酷な歌。「バルバラって、あの歌手とおなじの?」と、彼女が自己紹介するとときどき訊かれ、そのたびに彼女は微笑みながら頷き、同名であることに嬉しくなる。

ある夜、ギヨームがキャバレーでおこなわれるその歌手のショーに彼女を誘う。彼女は間近で赤紫色がかった黒いオランダカイウのような女性を目にする。ショートヘアで黒く輝く大きな目をした、ファラオの女王のような化粧をした女性。彼女は集中力を高めながらじっとその女性を見つめ、歌に聴き入り、その異様な美しさの、その流れるようで澄んでいてそしてちょっぴり嫌味っぽい声の魅力の虜となる。そして不意にクリスティーヌのことを思う。「**それは来るときは前触れなしにやって来る　遠くから　岸から岸へとさまよってから　醜い顔で**……」もしクリスティーヌがあんなに若くして死んでいなかったら、この黒い服をまとって、とんがった顔をして、こんなにも響きのよい声をした女性に似ていたのではないだろうか？「……**けれどそれは瞼に浮かぶ涙　死ぬときに　やって来るときに**……」舞台のうえにいるのは歌手のバルバラ、逃げゆく愛や、永遠に待ちつづけることや、欲望と夢想や、不安定な喜びとあふれるメランコリーの語り手。客席にいるのは、過去と現在のあいだで我を失い聴きいっているバルバラ。

ショーのあと、彼女は自分の寮には帰らずギヨームの家に行き、はじめて夜を共にする。「……**そしてある朝目覚めると　ほとんど何も変わらないが　それはそこにあってあなたを魅了する　腰のくびれで**」

# 28

どこまでも子供のソフィー、家族のひとりひとりに自分自身についてのぼんやりとした知らせを運んできてくれた風変わりなアザラシ肢体の天使は、四歳になる。これまでの生き方と同様に、ひっそりと、黒い目を大きく見開いて宙を見つめたまま、死ぬ。ヴィヴィアンは彼女に花だけまとわせて、とても小さくて軽い棺のなかに寝かせる。棺はクリスティーヌの眠る地下墓所へ置かれることになる。アネモネ、透きとおるような瞼のバラ、青と紫に染められたアイリス、黄色い太陽のキンポウゲ。

クリスティーヌの事故死は全員の不意をつき愕然とさせたが、ソフィーの死はゆっくりとその兆しが見えた。とはいえ、どんな喪であれ、それが予告なしに急にあらわれようがすこしずつやって来ようが、裂け目を入れていつまでも皮膚のしたを這い、突発的に腑抜けにして思考を一時停止させてしまうことに変わりはない。

埋葬にはほとんど人がいない。家族と数人の医者以外は、この子のことを知る者はいなかった。シャンタルはオークランドの舞踊学校を見事な成績で終え、引きつづきニューヨークのジュリアード音学院でさらに高い教育を受けるための奨学金を得たので、来ていない。ところが、ジャンヌ＝ジョイはやって来て、あの唐突な失踪以来、はじめて姿をあらわす。彼女は母と連絡を取りつづけ、定期的に電話をしては遠くで子供の様子を伝え聞いていたのだが、ヴィヴィアンはそのことについてなにも言っていなかった。

こうしてジャンヌ＝ジョイはここにいる、まるで何事もなかったかのように。出産の翌日にいなくなったことも、生まれたばかりの赤ん坊を捨てたことも、その当時は子供の世話など到底できそうもなかった母に赤ん坊の保護と世話を押しつけたこともなかったかのように。結局彼女がしたことは、不完全で病気を持った小さな体をこの世に産み落とし、そしてその体を埋葬するだけで、このふたつの間にはなにもない。

ガブリエルはジャンヌ＝ジョイが墓地に入ってくるのを目にすると、驚きで一瞬硬直し、それから怒りがこみあげてきて顔がこわばる。彼は大股でつかつかと彼女のほうへ向かっていき、彼女の腕をつかんで、ここは彼女の来る場ではないと追い出そうとする。だがポールが先に鉄格子の門にたどり着き、ひと跳びで鉄柵の真ん中あたりまでよじ登り、片手で柵をつかみながらもう片方の手で上着からオレンジ色のボールを取り出し顔の真ん中につける。彼のピエロの鼻はいつもポケットの奥に入っていて、いつでも取り出せるのだ。彼はこれをソフィーによく使っていた。色違いもたくさん持っていて、赤、黄、紫、ピンクのもある。彼がいま取り出したのはオレンジ色のだ。彼は空いているほうの腕を、剣を振るみたいに空中で振りまわし、そして闘牛にとどめを刺す瞬間のマタドールを真似る。

それから地面に下り立ち、中腰になって怖がる猿の鳴き声を出しながらその場をぐるぐる回る。ガブリエルはジャンヌ＝ジョイを放し、肩をすくめてなにも言わずに墓地から出ていく。早歩きで、激怒している。リリは走って父についていく。ふたりは埋葬に立ち会わない。

翌朝はやく、リリはひとり自転車で墓地に戻る。ソフィーを地下に下ろす前に立ち去ってしまい別れを告げていなかったので、ソフィーとクリスティーヌの墓前でひととき黙禱したかった。ソフィーはクリスティーヌが放ち、また自分のもとに呼び戻した小さな芽だったのだろうか？　おなじ地下墓所に置かれた死者たちは通じ合い、知り合いになり、大地の沈黙のなかで絆を結んでいるのだろうか？　リリは質問したいことが山ほどあるが、いい言葉が見つからず、彼女の考えは火の煙が風に消えていくがごとく少しずつ消えていく。

墓地の中央の小径を歩いていると、音楽が聞こえてくる。バッハの『無伴奏チェロ組曲』第四番の前奏曲だ。ジャンヌ＝ジョイが花の散りばめられた墓前に座り、未知の娘と妹のために弾いている。あたりはまだ霧がかかり、彼女の音の調べは影であり光でもある。リリは気づかれないように、できるかぎり近づく。ジャンヌ＝ジョイの姿が四分の三ほど見える位置まで来る。髪の房が額とこめかみのうえで揺れているのが見える。彼女は腐植土や樹皮や濡れた石のにおいのする湿った風のなかで演奏し、その調べは風となって寒さと朽ちはじめた葉のにおいを放つ。続いて『組曲』第五番の前奏曲を弾く。背筋はすっと伸びて頭は前へ傾いているが、ときどきゆっくりと半円を描き、うしろへ反らしてまた静かに前に傾く。目を閉じて弾いており、音色は、深く音楽に聴き入り瞑想し聴覚と一体となった彼女の目の色とおなじ、金色がかった茶色いハシバミの色を帯びる。第五番の終わりにたどり着くやいなや、『組曲』第六番の前奏曲を弾きはじめる。自分の内奥との対話を、自分の声の代わりにいくつかの旋律がしてくれる。多音からなる声が、低かったりざらざらしたりとさまざまな声色で言葉を交わし合い、その声が震えながら螺旋状《らせんじょう》に進むにしたがって残していくこだまとまとまるために話すのをやめる。その声が、時間や空間それぞれのなかでも異にして密なものをかき回し、遠きものと近きものとを、永遠なるものとつかの間のものとを織り交ぜる。彼女は過ちをおかした恥辱に苦しむ喪の孤独のなかで演奏する。自分の子のために、言葉では表現できないことを音で伝えようとしている。彼女の奏でる調べはむき出しの祈り、熱をおびてうずくような呼びかけ、そしてさようならだ。自分の、ソフィーの、クリスティーヌの、母の、みんなの孤独を演奏し、六つの前奏曲に乗せてひとつひとつ並べ、解きほぐす。

リリはジャンヌ＝ジョイが出ていく前に墓地からそっと立ち去る。そとでタクシーが路肩に停まって待っている。来るときにはそれに気がつかなかった。運転手はハンドルのうえに広げた新聞を読んでおり、タバコの煙が渦巻き状に窓から出ている。この褐色種のタバコのにおいでリリはギヨームを思い出し、このにおいが自分に染み込んでいる湿った葉と土のにおいに重なるように感じる。彼女は自転車にまたがり、立ち去る。ずっと走りつづけ、家のまわりを大きな円を描きながら何週もするが、なかなか家に帰る決心がつかず、パリに戻ってギヨームに会えたらどんなにいいかと思う。頭のなかでバッハの曲が鳴りやまず、いろんな組曲が混ざり合い、もつれあい、危うく不協和音になりかける。

そして彼女の両方の名がクレッシェンドで不快に響く。バルバラはすべてRとAだけになってその周りを色鮮やかな蜂がぶんぶん唸りながら、そしてリリはすべて滑らかなLとIだけになってそこで透きとおるようなカゲロウが体を震わせながら。

# 29

リリの二十歳の誕生日に、父がレストランに連れていってくれる。すこし前に父からもらった、やわらかい光沢のある黒真珠の二連のネックレスを着けていく。青や淡い緑、紫、アブサン、葵、そして明るいブロンズの光沢を放つ、周囲のあらゆる色を繊細に取りこむカメレオンのようなネックレスだ。これはナティが遺した最後の宝石で、ほかのものはリリが十七歳の誕生日を迎えてから誕生日や試験に合格したときなど事あるごとに父からもらっていた。リリにはその権利があるのだから、どのみち受け継がなければならない。「そうしなければならない義務なんてないんだよ」と父はたびたび念を押す。最後の宝石は、いちばん美しい。けれどもリリはこのように着飾って、自分にはあまりに洒落たレストランで父と顔を突き合わせながら座っているのをぎこちなく感じる。彼女は指先で真珠をなでる。やわらかい感触がする。

その夜、はじめて父はリリの母親であるファニーや自分自身について長々と話し、その流れでリリの話もすこしする。父はきっと、リリが生まれたときに起きた出来事を彼女に話してあげるには、彼女が二十歳にならなければならないと考えていたのだろう。ファニーが十九歳、そして父が二十八歳のときにふたりは結婚した。夫婦は戦争のせいですぐに離ればなれになった。志願兵だった彼は、戦争に参加してから数週間後に捕虜になり、北ドイツにある捕虜収容所に送られた。脱走を試みたが裏切り者によって失敗に終わり、のちに東プロイセンにあるべつのキャンプに移送された。そしてもう一度脱走を試みたもののまたも失敗に終わり、もう二度と脱走などする気を起こさせないほど残酷に、血反吐が出るまで殴られた。リリはそれを聞いて、彼の背中と腰と肩にある薄紫色の長い傷跡を思い出し、吐き気がしてくる。気を紛らわせようとして、密告者が誰だったのか結局わかったの、と訊く。「ああ、バルバラって奴だ。ジャン゠ベニーニュ・バルバラ。キャンプの仲間だったんだ。よくいるゲス野郎だ」この名を耳にし、顔が赤くなり、さらに蒼ざめていくのを感じる。「ああ、そういうこと……」とだけ言う。すこし間をおいてから、さらに訊く――「だったらどうしてお母さんはわたしにこの名を選んだの？」――「知らなかったんだよ。キャンプでなにが起きたか、どうやって過ごしていたか全部くわしく話したわけではなかったからね。ちょうどあの頃ジャック・プレヴェールの詩集が出版されて、そのなかに『バルバラ』っていう題名の詩があるのを見て、いいなって思ったんだよ。おまえもその詩を知っているだろ、いまや知らない者はいないだろうからな」そして父は詩を暗誦しはじめる――「覚えているかいバルバラ　その日ブレストでは雨が降りつづき　君は微笑みながら歩いていた　喜びに輝き濡れながら　雨のなかを　覚えているかいバルバラ　ブレストでは雨が降りつづき　シアム通りで君とすれ違い　君は微笑みながら……」いや、彼女はちっとも微笑んでいない。彼女のビルボック王は、自分では気づいていないが彼女の誕生日を台無しにしている。

彼は話をつづける。リリが生まれる前日、彼はナティに呼ばれて急いで出かけなければならなかった。彼の父親が息を引き取るところだったのだ。ファニーは彼が不在のなか出産し、女の子ならリリアンヌ、男の子ならヴァンサンにしようとふたりで決めていたのにもかかわらず、それを無視して出生届を出してしまった。彼が帰ってきたときにはすべてが済んだあとだった。「もしせめて、彼女がプレヴェールじゃなくてダンテやペトラルカやロンサールを妊娠中に読んでいたら、おまえの名はベアトリスか、ロールかエレーヌになっていただろうけどな。でも彼女のことだから、カッサンドルにしていたかもしれないな……」とはいえ、この名をめぐって衝突したことが、母が出ていった原因ではないのだし、リリは母が去った理由を知りたいのだ。「それは難しいんだよ」と父はため息をつく。「説明するのが難しいんだ、ひとことで言うのがね……。僕が五年間捕虜になっていたあいだに、僕たちは変わってしまったんだ、お互いに、違った方向に。僕はとにかく平穏な生活がしたかったが、彼女のほうはもっと自由気ままな生活を望んでいた。もはや夫婦生活が彼女には合わなかった。子供がもう一度僕たちを近づけてくれると思った。でも結果はその逆だった。彼女には母性愛がまったく生まれてこなくて、むしろなんて言えばいいかな？……母性嫌悪……」「嫌悪！」この言葉があまりに強烈なので、リリは愕然とする。

嫌悪感、それが、彼女が母親に抱かせることのできた唯一のことだったのだ、最初から。白いナプキンにおしゃれな食器、そして彼女がもらった花束まである上品に整えられたこのテーブルで、彼女はもはや吐き気を通り越して自分の内側が燃えるように感じる。〝嫌悪〟という言葉が食堂に酸を流しているみたいだ。お父さんは、もう知らされてもいい年齢になったから教えてあげようと思って、いまの話をしているの？　でも、自分が実の親にとって生まれた瞬間から嫌悪の対象になっていたなんて聞かされるのに、ふさわしい年齢なんてある？　誕生日ディナーはどんどんぶち壊されていく。

「嫌悪って、ジャンヌ＝ジョイがソフィーを見たときのような？」なんてことないように見せかけて問いかけてみたこの質問が、父を困らせる。「いやいや、そうじゃない。お母さんを怖がらせたのはおまえでもおまえの見た目でもない。子供を産んでその子を背負わなければならないっていうこと自体にパニックになっちゃったんだ。それでも、彼女はどうにかがんばろうとしたんだよ。最初はおまえの世話をしていたんだけど、すこしずつ自分には母親業が向いていない、いい母親にはなれないって思うようになっていって、抵抗感と罪悪感に板挟みになりながらもがいていたんだ。やがて鬱病になってしまって、僕が思うに、そのせいで彼女は攻撃的になり、おまえに対しては無力になってしまった。彼女は檻のなかの動物みたいだった。そしてある日出ていって、その後近況を知らせてくることも訊ねてくることもなかった。僕はそれから一度も会っていない」「どうしてお母さんの写真を全部捨てちゃったの？　せめてどんな顔だったのか、どんな姿だったのか見てみたかったのに。自分が似ているかどうかも知りたかったし……」「でも写真を捨てたのは僕じゃなくて、彼女なんだ。彼女は自分の写っている写真を、ふたりの結婚式の写真をはじめ何から何まで、すべて破いたんだよ。自分の過去を抹消したかったのか、あるいは自分の記憶や僕の記憶から自分の思い出を完全に消し去りたかったのか。何事もなかったかのようにね」そう言いながら、ガブリエルは娘にワインをすこし注ぐ。深紅色のベリーとスパイスの香りのヴォーヌ・ロマネの格付け第一級のワインで、彼はどれだけ美味な品質かを語って聞かせるが、リリにはもはやそんなことなどどうでもよく、どれだけいいワインであろうと、その良さを味わうことなどできない。口は石膏、舌は鉛のようで、泣くまい、叫ぶまいと歯を食いしばる。

何事もなかったかのようにする。つまり彼女、リリ・バルバラが生まれてこなかったかのようにする。それほどまでに自らの人生を認めず、過去を捨て、自分が産んだ子を拒絶し、そんなにも現実を否定することなどできるのだろうか？　父に訊ねてみたかったが、どうせうまくかわされるだろうし、答えも持ち合わせていないだろう。

なぜ、と彼女は自問する、お父さんはワインを注ぐときはこれほど繊細にできるのに、お母さんやわたしの話となると不器用でひとの感情を逆なでするのだろう？　わたしは贅沢なワインよりも価値がないの？　父は会話を再開する。「もしかしたら彼女はまた姿をあらわすつもりだったのかもしれない、落ち着いてから。でもその時間がなかった。彼女の早すぎる死があらゆる可能性を潰してしまった。なにが起こり得たかなんて仮定の話をしたところで、どうしようもないがね」「お母さんが海で溺死したのは事故、それとも自殺？」「事故だ、軽率だったがゆえのね。彼女は危険な区域に足を踏み入れたんだ、おまけに泳ぎが得意じゃなかった」「それで遺体は見つからなかったの？」「ああ、見つからなかった。海はかならずしも飲み込んだ体を返してくれるわけではないからね」リリは軽率さゆえの事故の裏には自殺の意図があったのでは、との考えを捨てることができず、そして父もおなじ考えに違いないと思う。しかし、彼は話をそらす――「彼女を逃げださせたのはおまえじゃない。

むしろ彼女が去るのを遅らせたんだよ、ある意味ではね。だからおまえが追いやったなんてことはまったくない。彼女は母親に向いてなかった、ただそれだけだ」「じゃあ、お父さんは父親に向いているの？」彼は微笑む。「僕は特に素質があったわけではないが、でも機能は器官をつくるって言うじゃないか。それで器官が一度できてしまえば、あとは機能が勝手に発展していってくれるのさ」

覚えているかいバルバラ　忘れないでくれ　この静かで幸せな雨を　君の幸せそうな顔に　この幸せな街に降りそそぐ　海に降る　海軍工廠《こうしょう》に振るこの雨を……

けれどもう前とは違いすべてが傷んでいる　この雨は深い悲しみに沈む哀悼の雨なのだ　もはや鉄や鋼や血の嵐ですらない　ただの雲　野良犬のように死ぬ雲だ　ブレストを流れる水に流され消えていく犬たちのように　そして遠くで腐りゆく　遠くはるか彼方で……

リリは食欲をなくし、食事を味わうのもやっとだ。その価値をまったく堪能できないワインで頭がくらくらする。母に対しては怒りと悲しみと哀れみのはざまで揺れ、父に対しては愛といらだちと感謝のはざまでぐらつく。そしてそれらの感情がほとばしるなか、この瞬間にここから遠く離れてブランディンと一緒にいるかギヨームの腕に抱かれるかしたいと思う一方、それでもやっぱりここで、父の前にいたいとも思う。

平静を保とうとしてネックレスを強くねじるあまり、二連のうち一本の糸が切れて真珠がナプキンのうえに散らばり、大粒の雨のごとく跳びはねる。虹色に輝く黒いあられの粒たち。彼女はしゃがんで床に転がる真珠を拾いあつめ、父も手伝う。テーブルのしたで手探りで探していると、ふたりの額がゴツンとぶつかり、その衝撃でふたりとも尻もちをつく。ふたりで思わず大笑いをする。あいかわらず上品な父と内気な彼女が、ふたりで床にしゃがみこみながら、金持ちの人びとが行儀よく食事をしているホールのど真ん中で、くっくっくっく笑っている。この爆笑の発作が効いたようで、リリは食欲すらわいてきてデザートを楽しく味わう。父はさらに緊張がほどけ、自分のもうひとつの恋愛話、ヴィヴィアンとの素晴らしい大恋愛を話す。彼は興に乗って、公園のメリーゴーランドの前での出会いについて語りだす。ヴィヴィアンはぴちっとしたグレーのスーツを着て、ジャケットの裾にはフリルがついていて、黒い髪をシニョンにし、そこにさくらんぼ色のスカーフを巻いていた。これらの詳細や、彼がこの女性の美しさに息をのんだという話は、これまでにもよく聞かされていた。今回新しく打ちあけたのは、告白の儀式についてだ。彼はふたりがはじめて出会った場所であるメリーゴーランドをある晩一時間だけ貸し切って、そこにヴィヴィアンを連れていき一頭の木馬に乗るように勧めた。彼女は馬に横乗りし、彼はその隣にぶらさがる馬にまたがった。メリーゴーランドが動きだすと、彼は美しい女性騎手に愛を叫び、そして勢いに乗って、ピアフの音楽が流れる手回し式オルガンの音に合わせて結婚を申し込んだ。その間、メリーゴーランドのオーナーは儀式の進行役を務め、彼らにシャンパンとグラスをトレイにのせて持ってきてくれた。

父が話さないのは、あの森のなかの空き地で起きた〝惨事〟以後のふたりの愛の悪化についてだ。彼はいつもこうしてクリスティーヌの死を思い出し、それによって生じた家族の分裂や、ソフィーに降りかかった度重なる不幸、ヴィヴィアンの憔悴、そしてソフィーの死後ヴィヴィアンが絶えず旅に出かけなければならない衝動に駆られることを思い出すのだ。眠り病のあとは、狂ったような放浪欲。彼女は電車や飛行機に乗ってあちこちにいる子供たちを訪ね、ときには誰も知り合いのいない町すらも訪ねる。フランスの国内外にかかわらず、数日滞在したらすぐにまたどこかよそへ出発する。もうじっとしていられないのだ。ひとりで安らげる慰めの場所、あるいは忘却の場所がどこかにないか探しているかのようである。どこか、自宅以外に、どこでもいいから、ただしガブリエルのいないところに。彼はなにもできず、ただただ彼女が自分のもとに帰ってくるのを待つしかない。

リリにしても、自分の生活について全部は話さず、ギヨームのことは黙ったままでいる。父がリリの恋愛についてはけっして訊いてこないからというのもあるが。そして、さきほどゲス野郎の暗い影によって彼女の正式な名が封印されていたことがわかった今となっては、その名をふたたび名乗ることにしているとも言えない。なので彼らはもっと軽くてもっと快いほかの話をし、食事は和やかに、平和でいい雰囲気のなか終えられる。

席から立ちあがるとき、父はナプキンの角にネックレスの真珠がひと粒はさまっていたことに気がつく。彼はそれをつまんで手に握り、「彼女の目の色だ！」と声をあげる。彼の声はとても弱く、静かで、彼の顔は深い感動に満ちている。声を押し殺して自分自身に向けるように、自分だけのために、くり返す――「彼女の目の色だ……」彼はその真珠をリリには返さず自分の上着のポケットにすべりこませ、そして急に外の空気を吸いたくなったかのように、足早にレストランの出口へと向かう。彼は歩道でリリを待っており、ふたりは黙って並んで帰る。リリは父に食事のお礼を言う勇気も、彼の腕をとる勇気も出ない。体の横にぶらさがる腕は重く、ひどく疲れ果てている。徐々に父は彼女から離れていき、彼はゆったりとした歩調で歩き、彼女は小走りで彼についていく。

リリは彼の手のひらにあった真珠を見た――黒く、紫の虹色と古金色に輝く、インクの染みの色。クリスティーヌの目。昨日、彼女は二十歳になっていたはずだった。そしてその昨日が、もう一度リリの今日に不意に影を落とす。訪れなかった誕生日がリリの誕生日を無に帰し、彼女のいびつな心を打ちのめす。クリスティーヌの目、それはソフィーの目でもある、幼少期と夜の目。その前にはヴィヴィアンの目でもある、美の目、父の欲望と愛情の紫黒色の瞳、苦悩の目。

ヴィヴィアン　クリスティーヌ　ソフィー　リリ……「I《アイ》は緋色の布、吐いた血、怒りや酔いしれる悔悛における美しい唇の笑い……」

# 30

リリは無気力になり、すべてを投げだす、といっても徐々にそして静かにだが。実際は、投げ出すというよりも毀《ふい》にすると言うほうが近い――ブランディンとの友情も、彼女の活力と性格がきつすぎて耐えられなくなり、ギヨームとの関係も、彼の無頓着ぶりと無理解とで傷つきだめになり、勉強にしても、その対象だった真珠や宝石ですらまったく興味を失ってしまった。もっとほかの人びととの出会いや交流のほうが魅力的で、きらめいて見える。つまり、外の世界の魅力だ。彼女はもはや自分が何者なのかがわからない。ときに、自分のなかでの一貫性に欠けるあまり自分の存在自体を疑うまでになり、自分が幻想にすぎず、時間というやわらかい風にたなびく、ぶよぶよの皮切れにすぎないように感じる。

彼女は寮を出て部屋を借りる。非常に狭いうえに、学生向けの多くの良質な賃貸部屋のように屋根の真下にあるのではなく半地下にあって、格子付きの採光窓から光が射しこんでくる部屋だ。家賃を払うために、オルゴールや自動人形や機械仕掛けのおもちゃや、宝石箱を売っている店の店員の仕事に就く。宝石箱は絵の具とニスが塗られた木製のもので、中には深紅のビロードや象牙色のサテンが張られていて、錠には金の鍵がついている。夢、くだらなさ、楽しい幼稚さの屋台。袋小路の奥にあり、暗くて静かで、客はすくないものの、来店した人たちは店の雰囲気に魅せられて長居する。リリは客の要望に合わせてさまざまな品物の装置のぜんまいを巻き、それぞれの特徴を褒めながら商品の説明をする。モーツァルト、ベートーヴェン、シューベルト、ラヴェルだけでなく、流行りのフォークソングの旋律の断片による音のパッチワーク──しかしこれらのメロディーのほとんどはどれも似たりよったりの高めの音色で、おなじように不規則なリズムを刻んでいる──のなかで彼女は動き回る。彼女はオルゴールをふたつ譲り受けた。ひとつはまるく、小型で装飾のない黒っぽい木製の収納箱で、機械装置に不具合があり、薄板が二枚割れている。もうひとつはそれよりも壮麗で、四角く、蓋がきれいな寄木細工でできているがかなり傷んでいる。これらの売り物にならない商品を、店主が彼女にプレゼントしてくれた。歯の欠けたオルゴールは『椿姫』の序曲を飛び飛びに鳴らし、欠けた歯がメロディーにジプシーっぽさを醸し出す。

一日が終わると、リリは歩いて帰宅する。道のりは長く、あてもなく散歩してさらに長引かせることもよくある。自分が皮のぼろきれにすり減っていくように感じるこの感覚を疲労で埋めるためにこの散歩が必要で、散歩をすると虚ろな思考が揺さぶられて麻痺する。そうして彼女は目線が歩道とおなじ高さにある自分の部屋に閉じこもる。日中は機械のかわいらしい音でいっぱいの騒がしい場所で過ごし彼女自身もロボットに変容するが、夜は地下鉄の轟音や、路面をすべる車やバスのタイヤのシューという音や、何よりも聞こえてくる歩道を歩く人びとのコツコツという音が雑然と突き抜けてくる住処に埋もれて過ごす。彼女は人びとの靴底から膝までを、脚族を眺める。なかでも女性の脚、くるぶし、ふくらはぎ、その歩調や靴を見るのが好きだ。軽快な足取りで、ヒールをアスファルトに打ってカツカツ音をたてながら歩く女性たちもいる。すぐに見分けられるようになったいつも通りかかる人たちもいれば、偶然通りかかる人もいる。膝よりうえの体を想像してみるが、体以上に困難を極めるのは顔を想像することである。また、犬も通りかかることがあり、彼女の部屋の窓の柵のところをフンフンと嗅いでときどきおしっこを引っかける。オス犬たちは互いのおしっこの跡に自分のおしっこをかけ、そうやって四方八方に向けられた挑戦、対抗、横柄な対話を絶えずしつづけている。

あとすこしですべての講座を受け終わるところだったのにもかかわらず、リリが宝石学の勉強を放棄したので、父はひどく怒った。また、寮の部屋を出てちいさな暗い洞穴に移ったことも、父を悲しませた。とはいうものの、娘はついこのまえ成人に達したので後戻りを強いることもできない。父は彼女にポールのように振る舞うこと――思春期に絶え間なくひとつの趣味からまたべつの趣味へと片っ端から手を出していった、その慢性的な移り気、おまけに好みもくるくる変わった――を咎めるだけにとどめる。しかし、ポールとの比較は一部にしか当てはまらず、リリのほうがより深刻だととらえる。というのも、ポールは不決断とまわり道をずっとつづけているがゆえにそれ自体が彼の流儀となっており、たしかに紆余曲折に満ちてはいるものの、その意味において一貫性がある。そして最終的には演劇・パントマイム・道化の学校を選び、いまでは語り部曲芸師の職に就いていることから、つまるところ筋が通っていたという結果となった。芝居、軽業《かるわざ》、劇と嘲弄、仮面と綱渡りの技術は、むしろ彼の知的、精神的探究には合っており、けっして満足することはないがなにも落胆することもない。悲喜劇のピエロたるポールは、変動する円を描きながらばらばらな小さな跳躍によって進んでいるが、彼にとっては安定した地平線に向かっているのだ——不可視の神に向かって。もはやいそうにないと思っている神と、アーティストとして生きる条件がリスクに富んでいることとを考え合わせると、たまにいらだつことはあるものの、義理の息子に尊敬の念を覚えずにはいられない。すくなくともポールは情熱を持ち生き生きとしているし、彼の不安定性が彼を動かし、意義や充実さや鋭さを探求する精神となっている。ところが娘のほうは、なにが彼女を動かすのか、どんな情熱を持ち、どんな跳躍が彼女の背中を押すというのだろう？　はじめて彼女は父を戸惑わせ、失望させる。

でも実際は、いままでも彼女は父を多少とも失望させてきたのではないだろうか？　彼女には傑出したところも独創的なところもなければ、特別な才能もなく、どこにでもいそうな顔立ち、並みの頭のよさ、穏健中庸な性格で、要するに普通の女の子だ。特筆すべきことはなにもない。もしひとつあるとすれば、それは生後十一カ月のときに母親に捨てられたことくらいだ。何事もなかったかのように。それが突然、こうして彼女は歩んできた道からはずれる、それも大きな地平線に向かって走り出すためではなく、路肩に駐車するために。父には理解ができない。しかたがない、どのみち彼は娘が感じていることを理解できたためしがない。いや、あるいは一瞬だけあったかもしれない、彼女を旅行に連れていこうとしたあのとき、トリエステという名が彼女を夢と歓喜で陶酔させたあのときだけ。トリエステ、海に沈んだ町、彼女のアトランティス。

# 31

ある晩、彼女は頭上で叫び声と人びとが駆ける音を聞く。住処の奥で、彼女はおびただしい数の脚や足がすさまじい勢いで通り過ぎるのを目にする。脚はぴったりとくっついて数珠つなぎにつづき、どれもおなじズボンとおそろいのブーツを履いている。人の群れが行進をしながら、いがらい煙をまき散らしていく。煙がかすかに彼女の部屋のなかに入ってきて、途端に目がしみてくる。連中は彼女をひりひりとさせ、涙を流させる。彼女はあわてて外に出て、目を腫らし、喉を焼かれながら道に立つ。適当に歩き出してみるが、界隈はごった返しており、ところどころ道の敷石は剝がされ、歩道にはひっくり返されたごみ箱やごみや割られた車の窓ガラスの破片が散らばっている。彼女は怖くなりつつも、激しい興奮がこみあがってくるのを感じる。まるでこの大混乱をずっと前から、はるか昔から待ちつづけていたかのように。「**走れ、同志よ、古い世界はおまえのうしろにある**」

埃、煙、叫び声、パニック、歓喜のなかを彼女は手探りで走る。黒い旗を掲げている若い人たちのグループに混ざる。「社会を、価値を、習慣を、そして服従を捨て去れ。**社会は人喰い花だ**」つまり社会、同志、そして家族だ！

あっという間に状況が一変する。人びとはもはや歩くのではなく走りだし、話すのでなく叫んだり大声で呼びかけたり、あるいは笑ったりして、出会ったばかりの人たちと熱い友情を結ぶが、そのほとんどはすぐにどこかに消えてしまう。思いがけないエネルギーが舗石のしたからほとばしり、まるで街のしたを這う電気や水道やガスの導管が急に破裂して快活に、勢いよく飛び散っているかのようだ。それらの導管は、あまりに長いあいだ爆発寸前のところで保たれていた欲望と、怒りと、突飛さと夢が詰まった導管で、いまそれが壊れて破裂し、あちこちから噴き出している。「出ていくんだ、同志よ。**美は道にある。**外に出てでかけるんだ、わめいてぶつかって、踊って遊べ。**想像力は地下に潜っている**」そうだ、美は道にある、粗野で、乱暴で、陽気な美が。

ひとりの女の子がりんごをこれ見よがしに手にする。上着もかばんも持っていないのにどこからりんごを取り出したのか、バルバラはわからない。その子はりんごを胸元で擦《こす》り、大きくひと口かじってそれをグループにいる男の子に渡し、今度は彼がおなじように音をたててかじり、左手をさっと筒形にしてそのなかに種を吐きだす。種のひとつがバルバラの首の下部にあたり、鎖骨のくぼみに転がり入る。「**進歩主義者であるということは、舗石を投げ飛ばすこと。無政府主義者であるということは、それをできるだけ遠くに投げ飛ばすこと……正確に**」舗石とおなじように種を飛ばす技術にたけている青年はバルバラに微笑み、彼女のほうにかがんで舌先で種を取り、歯と歯のあいだで噛み砕き、それからかじったりんごを彼女に差しだす。バルバラもすこしかじってみる。かつてりんごひと口がこれほど美味しかったことはない。もしかするとそれは女の子がすばやく緻密な手品師の動きを見せたからなのかもしれないし、あるいはその子の高くてまるい胸を強調している黒いセーターに擦りつけられたゴールデンデリシャスの鮮やかな黄色が太陽のようだったからかもしれない。それよりも、バルバラの首元で種をついばんだ男の子の、無邪気でいたずらっ子のような笑顔のせいかもしれない。バルバラは一瞬にして彼の魅力にひきこまれてしまう。彼はギリシア神話で黄金のりんごを〝もっとも美しい人〟に贈るパリスで、バルバラが選ばれたのだ！

バルバラは女の子の胸と、男の子の笑顔と、半分かじられたりんごを、中心に感嘆符に似た黒い種のある果汁たっぷりの果肉になった食用太陽と混同する。そう、まさしく美は道にあり、彼女はそこを走り、跳ぶ。美、欲望、喜ばしい飢え、活力を与える怒り。

# 32

彼の名前を聞いてバルバラは笑う。ジャン＝フランソワ・エクトール。彼は苗字に、パリスの兄弟のうちのひとり、『イリアッド』のもっとも勇敢なる英雄のひとりの名を持つ。ふたりの出会いは、ひとつのりんごを介して、ごった返した道で、雑多な物やごみの山のうしろで、涙を出させる煙のにおいのなかで、そして叫び声やサイレンや爆発音がけたたましく響くなかで起こったので、なんとなくちょっぴりホメロス風だった。しかし自分のことをたんにジェフと呼ばせている彼は、ホメロスの戦争叙事詩などどうでもいいという感じだ。彼が高く評価しているギリシアの思想家は、ディオゲネスだ。仲間の無理解や手荒い拒絶や愚鈍から身を守るために大きな樽のなかで暮らし、アテナイに立つ彫像のところへ物乞いをしに行っていた、あの浮浪の哲学者。

ジェフは樽のなかではなく、ビュット・ショーモン地区にあるアパルトマンの最上階にあるロフト付きの部屋に住んでいる。バルバラは彼に会いに行くといつも自分の視界が逆さに、そして拡大するような気がする。狭いローアングルの光景から、街を見下ろすパノラマの光景へと変わるのだ。ジェフと一緒にいることで、視界だけでなくほかにも多くのことが彼女のなかで広がりをもつようになる。そして衝突やねじれなしには得られないその広がりの代償として、ジェフはときどき彼女から離れることがある。バルバラは自分が選ばれしひとりだと信じ、唯一の人なのだと夢見て、さもなくば彼のお気に入りなのだと期待していたが、実際は二番目の立場を越えることができない。一番の座を保っているのは例のりんごの形をした胸の女の子、カールした赤みがかった金髪の、鼻の長い少女モニック、通称モナだ。モナとジェフは高校のときからの知り合いで、ふたりの関係は混沌としていると同時に深く、強い絆がある。それでもバルバラはやはりジェフのことが好きなので、この状態を受け入れ、予想外の恋愛にオープンなこのカップルに加わることにする。彼女はそれまでの人生の規範となっていた主義や先入観を曲げることを学び、それよりももっと難しいことだが、どうにかして嫉妬心と折り合いをつけようと努める。強くなるために、ディオゲネスを真似してときどき公園にある彫像に愛を語りに行ってみたり、自らの滑稽な境遇を確かめるように思いきって電柱に話しかけてみたりもする。小さな声で、本当ならジェフに、彼女の儚《はかな》いパリスに、見せかけのエクトールに、断ち切ることのできない美しい幻想に言いたい、情熱的な言葉やくだらない話をとめどなく喋る。彼がバルバラに笑いながら飛ばした種が、首から額へとはね返って彼女の頭のなかに身を置き、驚きと恍惚の感嘆符となって、あらゆる落胆をはねつけてくれると信じて。

多くの者がすぐに神格化するだろうと期待し信じていた革命は、起きなかった。大騒動は鎮静し、祭りは終わる。国は迅速に事態を収束させ、大きな花火があがる前の状態、それとほぼおなじ状態に戻す。あんなにも期待されていた国の倒壊と社会の上下の逆転は起こらず、今後すぐに起きることもないだろう。反乱の参加者にとって酔い覚めは苦いものの、ほとんどの人はすぐにまた元の場所に戻る。モナとジェフと数人の絶対自由主義者の仲間たちは、まるで何事もなかったかのように社会が以前の状態に戻ることを拒絶する。そこで、彼らは世の中を変える代わりに自分たちの生き方を変えることにし、パリを出て田舎で暮らすことにする。ヴァル・ドワーズにある村で、納屋といくつかの建物がついた半分廃墟になっている大きな家を見つける。そこではすべてが共有される。住まいはもちろん、それを手入れするための仕事、共同体の生活費を捻出するための手段、そして場合によっては愛も。生計をたてる手段はさまざまで、ささいな仕事からちょっとした略奪、物々交換や立ち回りのうまさのコツも用いながら、菜園を持ち、鶏とヤギを数匹飼育する。自給自足の生活を安定させるのに必要十分なだけのことをする。

数カ月迷ったのち、バルバラは彼らに加わることにする。彼女は地下の部屋とオルゴール店を捨て去る。お金をいくらか稼ぐために、宝石職人に早変わりする。宝石学者や宝石商になる代わりに、彼女はありふれた材料、ガラス玉や金属や銅の削りくずで安物のアクセサリーを作る。あらゆる屑、残り物、鶏のくちばしや小さな骨までも用いてこしらえる。彼女は回収と再生利用の技術にたけている。祖母から譲り受けて壊れてしまった美しい二連の淡水真珠のネックレスから、一揃いのイヤリングとペンダントと指輪を量産し、これらはよく売れた。ひとつも手元には残さなかった。

こうした時間や空間や精神を完全に自由に使いながら生活し、仕事をするのはバルバラに合っており共同体ともうまくやっていくが、その反対に政治参加についてはなにも信条がないために積極的になれず、その点だけはどうしても合わない。彼女には彼らほどの反抗心がないのだが、反抗心こそが彼らの根源を成し、なかにはそれを曲げられない者もいる。彼女の反抗はまだ曖昧で、彼らにしてみればあまりに小心翼翼なものであり、家族と縁を切っているとは言え、いまだにもとの居場所と糸や根や側根のもつれによってつながっているプチブルジョワの反抗とおなじである。彼らのほうはきっぱりと断ち切っている、すくなくともそう信じている。バルバラはどうやってもだめで、彼らの精神、政治、心の世界の外で足踏みをしている。なんでも疑ってかかる悪い癖のせいで彼らの闘いに対してもあいかわらず懐疑的で、彼らの闘いが風車に飛びかかるドン・キホーテのそれに思えてしまうこともしばしばだ。すこしにおいを嗅げばものすごい血の悪臭がするような、天才の革命家たちに夢中になっている数人の者たちに対してはなおさらだ。しかしジェフやモナをはじめとし、自分と相反するこの考えに満足している人たちに、自分の疑念を話すことはない。自分自身に対してはなおのこと隠しておく。だが愛の困惑と苦悩が抵抗をしめして彼女に曖昧なサインを送ってくる。彼女はあくまでもそれを無視し、あらゆるためらいも見て見ぬふりをする。彼女はどうにか彼らの一員になりたいと思う。彼らの自由と平等に対するとてつもない意欲は、相容れないと感じながらも彼女を魅了し、彼らの絶え間ない反乱の状態も、なにも実質的な糸口を見出してはいないものの彼女に強烈な印象を与え、彼らの大胆さと思い上がりぶりが彼女を圧倒する。

# 33

十月のある日の午後、森のはずれの草原の奥地に立つ一本の木が、光につつまれながら浮かび上がる。すこし引いたところに立っているので他の木々の大群から孤立しており、森林の群れから自由になっているようで、その木の奇妙さを際立たせている。バルバラは、家から八キロほど離れた駅から自転車で帰ってくるところで、坂をのぼりきってその木に気づく。稲妻のようにまばゆく、一瞬だけちらっと見える。坂を下りるとすぐに見えなくなり、自転車は曲がりくねった道を走り過ぎる。彼女は首をねじってみるが、もうその木、静かなる雷の体は見えない。しかし、角を曲がるといきなり目の前にあらわれる。

そびえ立つ、わずかに不揃いの巨大な二等辺三角形。植物性太陽の三角形。三十メートルほどの高さのユリノキで、樹齢百年もしくはそれ以上かもしれない。彼女はよくこの道を通っていたのに、いままでこの木に気づかなかった。自転車を降り、草原に踏み入って木に近づいてみる。樹皮は褐色で、亀裂が刻み込まれてでこぼこしている。葉叢《はむら》は平たくどっしりとし、光を浴びて真っ黄色だ。わずかに朱色の染みがついているものもある。風がかすかに吹くだけで葉は細かく揺れて、きれいな黄色の鈴音を、金色の、硫黄色の、藁色の、サフラン色のリンリンという音を響き渡らせる。バルバラは、この光の震えと同様に満ち足りてむき出しで純粋な歓喜にとらわれる。理由も際限もない狂喜。それがたとえ長つづきしなくてもかまわない、喜びは持続性とは無縁で、それは美のように、人を魅了するその時その場所にあらわれ、光を放ち、退散する、いたずらな妖精なのだ。しかしそれが放っていく数多《あまた》の小さな太陽の棘が、力強く肉体に刺さり、忘れさせてくれない。十一月の最初の大雨が過ぎるとたちまち葉は傷みだして茶色くなり、さらに最初の突風が吹くと葉はすべて落ち、樹皮はより精彩を欠いてより深い切込みが刻み込まれるだろう。しかし何物もいま起きたことを消滅させることはできない。この木と太陽とのつかの間の抱擁からほとばしる、光輝の瞬間を。不意に姿をあらわしては消えゆく美や、瞬く間にほどかれる愛に輝く抱擁や、ふくらんではやがて引いていく喜びには、それらの消滅の彼方につねになにか尾を引くものがある。強烈さ、存在感、味わいを超越するものはすべて余韻を残す。バルバラ自身は、母が彼女の誕生をなかったことにしようとするほど、生まれたとき味気がなさすぎたのだと考えざるを得ない。いや、乏しく、無頓着なのは母のほうだ。

自転車をこいで帰りながら、バルバラはポールが愛の改宗をした翌日に話してくれた、ルースブルックがソワーニュの森で真夜中に菩提樹を輝かせていたあの伝説に、また思いをめぐらせる。文章の断片が記憶に蘇る。**「そんなある暗い夜のこと、兄弟たちはまるで金粉がきらめいているかのような菩提樹のしたに座っている彼を見つける。……彼の体がランプであり、彼の心が火であり、……」**しかしいまは菩提樹ではなくユリノキで、ましてや人間でもなく、聖性もまったく関係なく、ただ植物の神格化があるだけだ。魂も精神も、背後世界なるものにさまよい出ていかない。これだけでいいのだ。バルバラは地上だけ、今とここだけで満足することをおぼえる。

# 34

政治的恋人のジェフやその仲間たちとともにヴァル・ドワーズで過ごす生活は数年におよび、その間バルバラはほとんど家族のところへは帰らない。父に再会しても、ふたりとも自分たちの生活についてはなにも話さないが、互いに互いがどれだけ違う世界を進んでいっているのかを推察するだけで十分だった。父のほうはいままでと変わらない、しっかりした堅固な世界、秩序と一貫性、きちんとした労働、自治と責任に根を下ろす世界。彼女のほうはますます渦巻いて靄《もや》がかった混沌の世界、散在しているさまざまな威力の爆弾の虜になっている世界。父は、彼女がすべてを捨てたことだけは知っている。仕事、部屋、勉学を再開する計画——これらにしたってどれも凡庸なものだと思ってはいたが、それでもなにもないよりはましだった。娘の新しい選択は、その詳細は知らないが馬鹿げたものだとの察しがついて、深く悲しんだ。彼女は以前にも増して父を失望させる。一方でバルバラは、自分に対する父の評価が転がり落ちることにこのうえない喜びをおぼえる。評価が完全に落ち切った暁には、父がつねに見せてきたけちすぎる評価を期待することも乞うこともしなくなるだろう、きっと。そして間接的に、ジェフに対する満たされない情熱や、ほかの者たちとの不確かな友情からも解放されるだろう。ヴィヴィアンとその子供たちには、父以上にとんと会っていない。それぞれが自らの道、ジャンヌ＝ジョイは音楽の、ポールは曲芸師の神の、シャンタルはダンスの道を歩んでいる。三人ともがバルバラとは違ってアーティストとなり、月並みではない姿を見せている。バルバラとは違う、たった二スーの宝石職人とは。

シャンタルはヨーロッパに帰ってきて、すこし前からドイツに住みはじめている。彼女は、ニューヨークのジュリアード音学院の数年先輩で振付師として現在はドイツのヴッパータール舞踏団を指導している、ピナ・バウシュとかいう人に付いている。ピナ・バウシュは、いわゆる詩と取るに足らないものや、傷ついたやさしさと荒々しさを混ぜ合わせながら意表を突くスペクタクルを生みだす人だ。ジャンヌ＝ジョイはヴァイオリニストと一緒にローザンヌに住み、最近名を売り出している四重奏団にふたりで属している。そしてポールは、移動芸人として生きることをつづけている。彼はますますパントマイムと自作のマスクの腕を磨くことに力を入れ、方々で教えもしている。もう修道士になるなどとは言わないが、だからといって、青天の霹靂のように降りてきた信仰を否定したわけではない。はじめの頃の熱狂はしずまり、喩えるなら、太陽が沈んだり雲に隠れたりするときに、海から金色や淡青色や透きとおるようなバラ色のきらめきがすうっと消えるが、わずかな火や純粋な恍惚を網膜の奥に残していくのとおなじで、外から見る分にはわからないが、見たものが本当に、強烈に内側に、肉体のなかにすべりこみ奥深くに入って、血液に拡散しそこで永久にときめく欲望になるのだ。

ヴィヴィアンはようやく放浪生活に飽きて、夫のそばでの定住生活をとりもどす。ただ、いつでも極端な彼女は、睡眠発作に苦しんでいたときのように、もはや家から出なくなる。といっても病気が再発したわけではなく、これはまた別で、かつての突発的な眠りの発作ほど人目を引くものではさらさらない。今度は発熱をともなう疲労がゆっくりとあらわれだしたのだ。

つねに警戒しながら、知られざる生活を送るリリ改めバルバラは、父がわずかながらよこしてくる便りにもますます耳を貸さなくなり、いまではなるべく家族と距離を置くようにしている。彼女は数多の闘争、無意識のうちにできた傷、ごまかされた期待と反抗で蛇行に蛇行を重ねた道を通ったことで、この家族をなんとか自分のものにしたのだった。そして自分が思っていた以上、望む以上に、この家族と深いつながりを持つようになっていたことを知った。彼女は家族とぴったり合体していたのだ。混成で騒がしいこの体の手足のひとつの死によって、限界や危険やそのたぐいの介入があるのを知った。あらゆる感情的な体は黒い体だ。与えられた抹消をひとつひとつ吸い込み、飲み込み、むさぼり喰い、焼け焦げと焼け跡以外のどんな輝きも送り返してはこない。あれ以来、彼女はそんなふうに物事をとらえるようになる。そして、過激主義者の仲間の一部が主張しているように自分の過去や家庭環境を完全に一掃したいとまでは思わないが、バルバラとしてのいまの彼女、しばしば自己嘲弄に磨きをかけるただの嘲りの手練に成り下がったディオゲネスの教えを厳しく強いられている彼女は、〝リリの時期〟を封じたままにしたい、停止させたいと思う。小さなソフィーにだけは、ときどき自分の思考に入ってくることを許す。言葉はなく、純真で焼けつくような、不平も非難もない眼差しで、無限に透きとおるような夜の眼差しで、世界に向けられた純然たるなぜの眼差しで、そこにすこしのあいだ居座ることを許す。

## 35

最後に両親の家に寄ったとき、バルバラは以前ヴィヴィアンが買ったコダックのレチナを見つけた。あの春の晴れた日曜日に、陽当たりのよい森の空き地で不幸を引き起こしたやつだ。きちんと黒革のケースに入れられて、人にあげたりどこかの古物商に安く売ったりする予定の雑多な物がしまわれている段ボール箱のなかに埋もれていた。彼女はそれを持ち帰った。カメラのカバーをはずしてフィルムがセットされていることを確認し、フィルムカウンターの数字を確かめる。九枚の写真がすでに撮られており、残りはあと十五枚だ。この九枚の眠れる写真は運命の日にさかのぼり、ヴィヴィアンを喜ばせようとおしゃれをしたうら若き娘たち四人の思い出を保存しているのだろうか？「いい顔して！」それは間違いない。彼女たちはその日、髪の毛をきちんとセットして、かわいい服、プリーツがついたのや、花柄のや、水玉模様やストライプ模様の服を着て、惨事にむけて着飾っていた。バルバラは、まだ三分の二ほど残っているフィルムを最後まで使い切ることで好奇心の入り混じった恐怖を払いのけたいと思う。当時の彼女たち、色とりどりの羽をした四羽の雌鳥――そのうちの一羽は急に訪れた死に捧げられ、もう一羽は極度の恐れで長らくさまようことを余儀なくされ、もう一羽は逃げ、そして彼女自身は根深い不確かさを抱く羽目になった――のような、花や沈む夕日や優美で魅力的なあれやこれやを撮ることによって恐怖を払うのではなく、それとは違うもの、まったく異なるもの、未加工のもの、たとえば石の破片、鋳鉄、木や天然の金、地面から頭を出している鉱石、不快でざらざらして、荒々しい何か、自分の普段の日常において現実となりうるようなもの、あるいは感情で飾られていない愛を撮ることによって恐怖を払いのけるのである。たとえば男性の体、その性器が勃《た》ち、喜びをあらわし、興奮し、自分自身に酔うその体がそうであるように。一方で女性らしさはその力をしまいこみ、喜びを隠し、男の渇望と飽くなき好奇心を生じさせながら、永久に彼らの理解を否定し、苦しめ、そうして彼らの欲望を、またしばしば衝動をひどくいらだたせるのだ。

ときどき夜になるとジェフがバルバラに会いに、彼女が納屋を一部整備してアトリエ兼寝室兼リビングとして使っている部屋にやってくる。四枚の羽目板でつくった竹製のついたてで、必要に応じて多目的室を仕切っている。また、そのついたて自体も多目的に用いられており、ときには間仕切りとして、ときには夏の昼下がりの太陽の遮蔽板《しゃへいばん》として、ときにはすきま風の遮断板として、ときには投票箱の仕切りとして使われる。ジェフはいつも愛を交わしたあと眠りに落ちる。大きな塊となって、仰向けに、円を割ったような形に腕は万歳をして、脚はすこし開いたコンパスの脚みたいにぴんと伸ばして。彼はこんな格好で何時間も微動だにせず寝ることがあり、まるでオーガズムによって得られた忘却と激しい目眩《めまい》の瞬間をぎりぎりのところで保ちつづけているかのようだ。

ジェフが隣で寝ているある朝、バルバラは彼より先に目覚める。まだ夜が明けたばかりというのに、すでに暑い。くすんだバラ色の光が部屋にしみこむ。彼女は、いつもどおりの体勢で寝ているジェフを眺める。しわの寄ったシーツのうえで、彼の体はとてもなめらかに見え、また白い布に沈みこんでいるせいで実際よりも暗い色に、ほとんど琥珀色に見える。彼女は唇で彼の口、胸、腹、腿の付け根、性器にそっと触れる。性器はかすかに震えて、ゆっくりと勃ち、硬くなる。皮膚が伸びて乳白色に、薄紫色が入り混じった砂の色になる。彼女は片手を彼の陰茎に置き、手のひらのなかで熱が広がっていくのを感じ、皮膚のしたを流れる血液のもっともかすかな動脈を感じ取る。手を引っ込めて、体の真ん中でじっと動かずぴんと伸びたその陰茎を見つめる。するとある疑問がふと浮かび、定着する――この男はわたしを愛しているの？　そしてわたしは、彼を愛しているの？　彼は、たぶん、彼なりに。わたしは、愛しているわ、もちろん。

もちろん？　でもいったいどこからその確信は生まれたの、なにを根拠に？　ひとつ屋根のしたで、流動的でしょっちゅう波乱万丈になる大団体にもまれて過ごしたこの数年間のあいだに、わたしは彼についてなにを知って、なにを理解しているんだろう？　その反対に、わたしについて彼のほうは？それに、自分たち自身については？　お互いになにを学び、なにを得て、なにを与えたの？　すこし、たくさん、情熱的に、狂おしく、まるっきりなにも。自分たちが想像している以上にすくなく、と同時に多く。仲間の政治的、革新的な信条を共有するにいたらなかったことで、彼女は彼らから無秩序ながらも忘れがたい感情教育を受けた。それはジェフからだけでなく、共同体のメンバー全員から、そして彼らが互いにそれぞれの欲望、暴走と欠如、告白と秘密、幻想と誠実、要求と反駁を突き合わせている、そんな日常とかかわりを持つことからさえも。この教育は、性や恋愛の憂慮などの狭義の意味においては感情教育とは言えないが、すべてを包括しているのだ。人間の特異性、その錯綜、矛盾、人生を。

彼女がもっともよく知っているはずのジェフの体が、突然知らないもののように思える。さながら慣れ親しんだ本で、幾度も読み返し、ページをめくり、熟考し、注釈をつけたのにもかかわらず、不意にその文体が見知らぬ文字で書き直されたかのように。すべての内容があるのに空っぽの本、自分のものではない体――あるいは、より正確に言えば、バルバラのものではない、嫉妬心をこんなにも抑え込んでいる愛人のものではない体。血の気がなく、白に白を重ねて書かれた本、焼け焦げて、黒に黒を重ねて、凪のなかで、夜のなかで閉じた体。己の神秘のなかに閉じこもった体。静かに、冷淡に、触れてはならないと突きつける体。ある日目の前にあらわれた、酔っぱらった父の裸体、頭に包帯を巻いたクリスティーヌの体、ミニチュアの棺のなかで花をまとった子供のソフィーの体のように。これらすべての体、愛の、子供の、姉妹の、母の体、そしてもっとも重い輝きと闇の、性愛の体。

この即興の写真の仕上がりは、完全な失敗に終わる。ヴィヴィアンが撮った昔の写真は、硫黄色の靄《もや》のように黄色っぽい灰色に覆われ、ぼんやりとした形しか判別することができない。それに対して、新しく撮った写真はひとつを除けば全部真っ黒だ。カメラのシャッターがあまりに長らく使われていなかったために、二枚目以降動かなくなってしまったのだ。唯一撮れた写真さえもしくじっていて、勃起した男性器の写真というよりも、どの方向に成長しようか迷って斜めに生える、木質の、鉛色で周りを茶色い錆で囲われた石筍《せきじゅん》を思わせるような一枚になっている。霧がかった物影と鉄錆色の凝固物。ただ一方で、この小さな写真の失敗は、結果として役に立つことになる。バルバラにとって起爆装置の役目を果たし、彼女の優柔不断——この共同体生活をつづけるか否か、最初に惹かれた魅力がどんどん失われていくなかで、グループ内の数人と場所に対する愛着と、漠然とした不満足とのはざまで、彼女はますますぐらつき、悩んでいた——に終止符を打つ。これらの失敗した写真が、語りかけているような気がする。実際に霧につつまれて傾きながら生きているのは彼女なんだ、偽りの自由と混乱した嘘のなかで宙ぶらりんになっているのは彼女なんだ、そしていまこそそこから出るべきなんだ、ほかの場所で、べつな方法で自分の**感情教育**を追いかける時なんだ、と。かつて子供の頃に彼女が感じた、なぜ自分はこの世に存在するのか、またこの世自体もなぜ存在するのか、という大きな動揺が彼女の心に不意にあらわれ、いまだにとても静かにゆっくりと痛みを覚えさせる。それはそこにあり、ずっとつづいていて、そしてこのなぜは、ポールが享受したみたいには神秘的な答えの恩寵は受けておらず、極端だろうが空想的だろうがどんな政治的な答えにも、快かろうが不幸だろうがどんな愛の答えにも満足することはない。

# 36

ヴィヴィアンの引きこもり具合はいよいよひどくなり、彼女はもはや自室から出てこなくなる。部屋の窓の前に置かれた小さな机に向かって何時間も過ごしている。机の端には、白い紙の束が置かれている。なにも書かれていない紙に向かって何時間も身をかがめ、何文字か書いたかと思うとすぐに紙をまるめてくずかごのなかに投げ捨てる。一日が終わる頃にはごみ箱がいっぱいになって机は空っぽになり、そして彼女はさらにすこし疲れている。なぜこんなに強迫的かつ執拗であると同時に不毛ながらもがんばって書こうとしているのか、その理由を彼女は誰にも、ガブリエルにさえ話そうとしない。それでもガブリエルは紙のしわを伸ばして手がかりを探し出す。ヴィヴィアンが取り憑かれている強迫観念は手紙のようで、しわくちゃになった紙にはどれも一行目まで、つまり、出すことのできない手紙の頭語しか書かれておらず、宛名は一様にポールになっている。「わたしの親愛なるポールへ」、「親愛なるポールへ」、「親愛なる息子へ」、「息子へ」、「ポールへ」、「あなたへ」……母は息子に掛ける最適な言葉を見つけることができず、どれにも満足できずにはじめの一歩を踏み出せないでいる。呼び掛けがつまずきの原因となっている。でも手紙なら、ヴィヴィアンはこれまでにもポールやほかの子供たちにもよく書いてきて、こんなふうに壁に、わけのわからない無力にぶち当たることなど一度もなかった。ガブリエルがしつこくしてくる質問に答える代わりに、彼女はある頼み事をする――ポールに電話して会いに来て、と言ってちょうだい、話したいことがあるから。紙の前ではうまくできない、言葉がつっかかって、紙の白さで身動きが取れなくなって、無味乾燥と嘘を放ってしまう。口頭でだったら、たぶん、打ち明けたいことをようやく言えるはず。

ヴィヴィアンは〝口頭で〟と言うが、この表現は不適切で皮肉に近い。かつて非常にやわらかくよく通っていた彼女の声はしわがれている。彼女が吸ってきた数えきれないほどの蜂蜜のように甘い黄色種の紙巻きタバコ、その細く渦を巻いて立ちのぼる紫煙によって蝕まれ、声帯がさびて徐々に詰まっていくのだった。彼女は自分の声が固まり、枯れる症状がすでに根深くなっているのを感じており、またこの悪化が取り返しのつかないものであることも、自分の声がどんどん聞き取れなくなっていって、しまいには完全に言葉を失ってしまうだろうこともわかっている。自分の喉にひそむ病の重さについて彼女はまだなにも言わず、そのものの名前を知ってはいるものの、家族の前でそれを思いきって口にすることができない。その名前を発するということだけでその病気を決定的なものにしてしまう、ひょっとすると進行を早めてしまうかもしれないと恐れているかのようだ。彼女はその言葉に対する極度の恐れのなかで、その魔力、その打ち負かせない力のなかで生きている。言葉は、思うように書かれることも発せられることもされずに、彼女の喉に青いやにの腫瘍として結実する。

ポールがやって来る。母の部屋で、長いことふたりきりで話す。話が終わり、ポールが出てくると、ガブリエルは彼に質問するが、ポールはそれを巧みにかわす。というよりもポールは曲がりくねった、ひねった答え方をするので、答えてはいるけれどなにも明らかにはならない。彼はただ、ものすごく重い事実をたったいま伝えられたのだが、でも彼はそのことをすでにずっと前から知っており、ただ心の奥底で無視しつづけていたのだと言う。そして、あまりに時を経てから秘密を明かされても、すぐにはっきりするなんてことはなく、ただ明かされた者の思考をもっと揺さぶり、曇らせて、当惑させるだけなんだ、とつけくわえる。感覚がぐらついて、もう土台も休息もふたたび見出すことはない。現実は、あるいはフィクションは、嘘は、真実はどこにあるんだ？　それでも、彼はこの告白をしてもらったことを、幸せに思う。愕然とし、まるっきり方向を見失い、そして幸せだ。彼がくり返し言うこの〝幸せ〟という言葉は、響き、間違いではないが異様で、意味がずれる。この言葉は、ふたたび幸福な状態に立ち返らせることはせず、むしろ驚きや、むき出しの荒々しさと空っぽの喜びや、からみ合った現実と非現実の、一種の受諾を意味している。息子は母に会って謎症候群に襲われたようだ、しゃがれ声のスフィンクスに会って。

# 37

出ていき、遠ざかり、視界からは近親者たちを、体からは家を、そして皮膚、肉体、心からは長らく過ちを犯していた愛を失う。でも、もう道を踏みはずすことはない。時の流れのなかで、不規則に断絶をくり返しながらもリリ・バルバラは進んでいく。彼女はパリに戻って第二十区に部屋を借り、もう一度ひとり暮らしをはじめる。ひとりで生きることを学ぶ。午前中は医療センターで電話交換手の仕事を確保し、午後はコスチュームジュエリーを作って店に置いてくれる小売店にそれらを売り、夜はデッサンと彫刻の授業を受ける。宝石はもうどうでもよく、それよりももっとべつの素材、べつの創作、もっと大きなものに取り組みたいと思う。粘土、鉄、石、コンクリート。彼女はほかの芸術家見習いたちとアトリエを共有する。これぞ造形芸術家イヴ・クラインというような、青く塗られた女性の胸や腹や尻の押し型と瑠璃色のステンシルや、なかでも彫刻家ジェルメーヌ・リシエの作品、その混合し、歪み、穴のあいた体に、時を忘れて熱中する。体、相も変わらず、あらゆる状態の体、性愛の、戦いの、遊びの営みをする体。そしてその崇高な、ぞっとするような変容。

リリ・バルバラにつづいて多くの者がヴァル・ドワーズの家から出ていき、その巨大な建物はしだいに人が減ってとうとう空っぽになる。共同体はじわりじわりと解体していき、彼らの時代は終わりを告げる。全員が思い描いていた不可能事に対する確信に酔いしれる期待の時代は終わったのだ。ひとりひとりの若さがそのやる気から抜けていき、彼らの反抗的、挑戦的、そして享楽的な精神は衰える。元の生活に戻った者たちにとっては、楽しい小休止に過ぎなかったものとして、即座に忘れられる。自分たちの理想を諦めきれず、穏健派あるいは過激派の政党でふたたび一緒になる者たちもいる。ひと握りの頑固者たちは、あらゆる政治的な伝統を受けつぐ政党にはいっさい従わない。そのなかにジェフとモナがいる。彼らがどれだけ走っても、踊っても、動き回っても、跳ねても、彼らが忌み嫌う古い世界は足下にぴったりくっついて彼らを取り囲む。革命は約束を破り、美は道のうえどころか畑で跳びはねることもなく、その横柄さや荒っぽさを失った。海は太陽と合わず、大地も雲と合わず、地球は自分の軸、頑《かたく》なにおなじ軸のまわりを回り、雲は遠くで流れ、彼らに餌として影を落とすことしかしない。自分をカタリ派の完全遵守者のように純粋であると信じて疑わない彼らは、裏切られ、騙されたと感じる。彼らの夢は極端で、そしてこのように現実の多くの貧窮や満ちあふれた凡庸さの的にされることで、彼らは激しくなり、怒り、彼らの夢は黒い悪夢に歪み、そして彼らが太陽であってほしいと願っていた心のなかで怒りの痰が育つのだ。

役者がみんな脱退し、無期限休養中の劇場セットと化した家から、ついに彼らも出ていく。もう彼らが共同体の安らぎの場に戻ってくることはない、あまりに窮屈で卑小になってしまったそこにもはや彼らの居場所はない。この共同体は、老いた主人の横で眠る従順な犬のようにふたたび眠りこんでしまった。彼らが向かうのは、深く入りこんでいく先は余白である。うんざりさせられる無益な平和に捕らわれた自国の地下に潜り、そして間もなく、己の激化した非社交性ゆえに頭がおかしくなってしまった人たちのゲリラ部隊を即興でつくる。バルバラは彼らの行方がわからなくなり、探すこともせず、互いに自分たちの選んだ道を歩む。

# 38

ヴィヴィアンは、痩せこけ、かつての姿のかすかな面影だけになってしまった。彼女の美を象徴していた鮮やかな色彩は褪せてしまった――髪は白くなり、顔色は黄色っぽい鉛色で、もう化粧もしないので唇は血の気がなく、目は黄土色の眼窩《がんか》のなかに落ちくぼんでいる。彼女の顔から生彩を失わせ、顔を削《そ》ぎ、蒼白い影をこすりつけている灰色っぽさは彼女の美貌を損なうことはなく、ただ美を逸らし、えぐり、可視と沈黙が合わさる境界へと追いやるのだ。

沈黙。いまでは、彼女はますます長い時間そのなかにいる。彼女の声はしわがれているという以上に弱くなり、聞き取るのも限界だ。彼女の目は驚いた様子で、ゆっくりと潤んだ目をまるくするときもあれば、なにかに怯えるような目をするときもある。もはやガラス越しにしか見ていないようだ。そしてそのガラスは、彼女の体内で生命が後退し勢いを失っていくにつれ、曇っていく。彼女が微笑むと、長いこと微笑みを絶やしていたせいで口角がぴくぴく引きつっているような状態がつづく。そしてその口の隅にずっと居座るしわが、みんなに、誰ともなく、その意識さえもなく、かすかな別れのサインを送っている。

そして最後のサインがやってくる。彼女は数週間前から病床に伏していた。絞り出される声は弱々しくとも、あふれんばかりである。彼女は話す、切れ切れに、小さな声で、目は半分閉じて、手はときおりシーツの折り目のあたりでわずかに動きながら。ガブリエルは彼女の顔の横にかがみこみ、彼女のそれとわからぬ動きでささやく唇に耳をかすかに触れさせながら、彼女の言うことを聞き取ろうとする。だが、なにを言っているのかわからない。それは彼女が最後の最後に必死に闘っている失声症のせいではなく、彼女が彼の知らない言語で話しているせいだ。ヴィヴィアンが話しているのはルーマニア語、もう六十年も前に彼女が生まれた国の言語で、幼い頃に両親がフランスに移住してきたときに彼女もその国を離れた。それ以来、彼女はルーマニア語を使ったことはなく、子供たちに教えもしなかった。しかしこの捨てられた言語は幕が下りる直前に舞い戻ってきて、彼女が選びとった第二言語を追い出し、臨終になって言葉の権利を主張している。だけど、なにを言うために？　誰に？　もうポールに関する秘密のことではない、その重荷はすでに下ろした。たんに子供みたいにおしゃべりがしたい、純粋に言葉で遊びたい、言葉の響きを味わいたい。また、彼女がつぶやく言葉と言葉のあいだに弱々しい笑い声がかすかに聞こえ、その笑い声は妨げられながらもわき起こり、言葉を押しのけてはそれを息も絶え絶えに単語の大群のなかにまき散らす。ヴィヴィアンの体のどこかにいる少女が遊び、かわいく回って揺れる独楽《こま》やさいころやビー玉を投げるみたいに言葉を放つ。すると、力強いシューという音が口のなかを満たし、隠れている子供と甘くささやく言葉とを突然追いはらう。

ヴィヴィアンは身震いをして上体を起こし、ぴんと伸びた首の先にある頭をあげて、目をかっと見開く。虹彩の青みがかった黒色が石英の輝きを放ち、彼女は空中に腕を投げだす――ガブリエルに向かって？　失って再発見した自分の幼少期に向かって？　窓に、あっちに、外気に、空中に、光に向かって？　どこでもない場所に向かって？

クリスティーヌ、ソフィー、ヴィヴィアン、「I《アイ》は緋色、吐いた血、美しい唇の笑み……」地下墓所はこれで三世代の褐色の髪で黒い瞳の女性たちを収容することになる。青春期の女の子、まだ幼い女の子、熟年の女性。彼女たちは順不同でそこに下りていったが、いまとなっては年齢もなく、時間から逃れている。彼女たちの美しい顔は夜の闇のなかで崩れ、座礁し、消えてなくなる。地面、砂利道、森のなかにある口の沈黙。緋色でありながらも石灰の白さほどに凍てつく黒い沈黙。

ポールは葬式のあと、ヴィヴィアンの美しい唇にこだまを与え、集まった家族の前でついに、彼女が死の数カ月前に彼に打ち明けたことを語る。

# 39

一九四三年二月、パリ。ヴィヴィアンは住んでいるアパルトマンから出るところである。ゆったりとして襟元の開いた、アストラカンの毛皮の黒と明るいグレーのリバーシブルのコートを着ている。その朝は、黒いほうを表にしている。彼女が正門に手をかけようとしたその瞬間、扉が乱暴に開いてひとりの女性が駆けこんできて、ヴィヴィアンに正面からぶつかる。「この子をお願い、はやく、隠して、わたしの子を救って！」その女性の声は喉が詰まったかのようにかすれており、哀願するというよりは早口の命令口調で、そして彼女の動きはそれ以上にすばやく手荒だ。彼女はヴィヴィアンの腕のなかに小包を押しこみ、ヴィヴィアンは後ずさりする、わけがわからない。叫び声、ばたばたと走るブーツの音が近づいてくる。女性は一瞬足踏みをし、目を大きく見開き、ホールをさっと見回し、出口なり秘密の扉なりを探すが見つからないので階段のほうへ飛んでいく。彼女の茶色いまだら模様のウールのコートはボタンがはずれていて、体のまわりに台形に広がっている。わめき散らしている追っ手は、もうすぐそこまで迫っている。ヴィヴィアンはまだ唖然としているが、無理やり茫然自失の状態から目を覚まし、階段のしたに隠れる。くぼみのなかにしゃがみ込み、小さくうずくまりながら小包を胸に抱える。追っ手は四人いて、アパルトマンのなかに大きな音をたてながら乗りこんでくる。彼らは話すのではなく怒鳴り、獲物に向かって罵る。獲物は駆け足で階段をのぼりつづけるが、徒労に終わる。ふたりの男が彼女に飛びかかっていき、あとのふたりは階段のしたで待っている。追いかけるふたりは、「このユダ公《ユートゥル》はまんまと罠にかかったな」と笑いだす。ヴィヴィアンは隠れているくぼみの奥のほうで体をまるめながら、一度も耳にしたことのなかった、さもなければ気にとめることのなかった、その醜悪さに気づくことも、そのおぞましさの重さを推しはかることもなかったこの言葉にショックをうける。彼女はこの言葉と同様に、ドイツ軍によるフランス占領がはじまって以来迫害が急速に悪化していくユダヤ人たちを待ち受ける運命について、実のところ一度も気にかけたことがなかった。木の階段のうえで、逃げる足音と追いかける足音が響きわたり、ドンドンとリズムを刻む。行進に行進がつづく、どこでもない場所へ向かって。騒々しい足音、叫び声、罵り、そして笑い声が混ざり合ってひとつの大きなざわめきとなり、アパルトマン中に、廊下はもちろんのこと地下室にまで反響する。誰ひとり踊り場に出てくる者はなく、みんな留守を装っている。毛織物にくるまれた子供はヴィヴィアンの首元で穏やかに眠り、毛皮の襟で暖をとっている。子供からは乳の、石鹼の、羊毛の繭《まゆ》のなかで汗をかく赤ん坊の湿った肌の甘いにおいがする。けれどもその額からはそれとはべつの残り香がしてくる、もっと新鮮で、軽やかで、化粧っぽい。おそらく母親の香水だろう。ヴィヴィアンは目を閉じ、集中して、なんの香水、どこのブランドのものかを当てようと考える。なんとか気を紛らわせて、あまりに強くそして速く打つ自分の鼓動を鎮め、赤ん坊が目を覚まさないようにと努める。もし赤ん坊が泣きだしたら……彼女は赤ん坊の額のにおいを嗅ぎ、おそらくこれはライラックがほんのり混じったミモザの香りだと考える。もみ合う音と、耳をつんざくような悲鳴で、ふたたび目を開ける。ヴィヴィアンはできるだけ隅のほうへ身を縮めて、息を止める。ヒュー、ドン。女性はそこにいる、すぐ近くに。顔は地面のうえに、腕を投げだして、力の抜けた手は床のタイルのうえに。片手が、ヴィヴィアンが隠れている陰のぎりぎりのところに横たわっている、子供をつかもうと手を差し伸べているかのように。女性の髪はほどけて頭のまわりに広がっている。黒く、つやのある、とても美しい髪の海。血がじわじわと黒い海を赤く縁取っていく。片隅の奥から、ヴィヴィアンは自分のそれによく似た女性の髪が目に入る。女性の指の爪が、盛りあがってピンク色だが肉に達するまでかじられていることに気がつく。その顔からは、なにも読み取れない。ヴィヴィアンが思い出すのは、正門の戸口にあらわれた女性の、とてつもなく大きく見開かれた血走った目だけだ。いや、目でさえも、その形も色も描写できない。でも、その眼差しならできる。目から、虹彩から、瞼から逃れた眼差し、盲人のそれのように激しい突風のようで、息を切らし、疲れ果て、必死の哀願を浮かべた眼差しであり風であり声だ。この子をお願い、はやく、隠して、わたしの子を救って！

その子供はここにいる。アストラカンの銀灰色の温もりに埋もれて、熱心に、落ち着いて、絶妙なタイミングで寝ている。自分のすぐそばで、すさまじい喧噪のなかで起きていることなど見たくもない、聞きたくもない、知りたくもないというかのように。この子は生きたいんだ、とヴィヴィアンは思う。彼女はこの子が女の子なのか男の子なのかを知らない。

彼女はなにも知らない、ただひとつのこと、この子は生きたいのだということを除いて。この子はなにがなんでも生きたいんだ。このくるくるの毛になってしまったちっぽけなカラクールの仔羊たちのように、ヴィヴィアンが着ているようなコートや帽子、マフ、ケープ、ジャケットを作るために生まれて数時間後に殺されるようには終わりたくないのだ。彼女の立派な毛皮のコートのために、いったいどれだけのカラクールが殺されたのだろう？　急に彼女は自分が死を、恥を着ているように感じる。だが、ただちにその印象を追いはらう。なぜなら彼女は自分の懐でまるくなった小さな体から発せられる、平静でありながらも頑なな、生きたいという欲望を守らなければならないからだ。そしてその自覚がない孤児の、無言のこの決意は、彼女を驚かせると同時に安心させもする。

女性はすべりながら遠ざかっていき、ヴィヴィアンの視界から消える。男たちは悪態をつきながら彼女の足をひっぱり、道路まで体をひきずっていく。扉ががしゃんと鳴る。ホールにはふたたび静けさが戻り、床のうえには赤い筋が光る。床のタイルが黒と明るい灰色の大理石の碁盤縞になっていることにヴィヴィアンははじめて気がつく。もう一度、惨殺された仔羊たちのことを考える。赤ん坊が軽いため息をつき、わずかに体を動かす。ヴィヴィアンはそっと子供を持ち上げ、見つめる。子供は細目を開けるが、まだまだ眠そうだ。小さな声を出し、よだれの玉が唇に浮いてわずかに微笑むと、おしゃべりを始める。ヴィヴィアンは階段下の隠れ場所からようやく抜け出し、住人たちがおずおずと興味津々に踊り場に出て階段を下りてこないうちに、急いで外に出る。

肌を刺す寒さのなかあてもなく歩く。どこへ行けばいいか、この子をどうすればいいのかもわからず、決心がつかない。結局、子供をコートのしたに隠しながら自宅に戻る。彼女は子供を裸にする。男の子だ、割礼を受けていない。彼の母親は、彼が誕生した瞬間から、彼を救わなければと心配していたのだ。ユートゥル。ふたたびこの言葉が頭に浮かぶ、おぞましさと乱暴さを残したまま。この言葉を記憶から引き剝がしたいと思うが、どうやらそこに突き刺さってしまったようだ。ねばねばと、潰瘍《かいよう》や卵白や鼻水みたいに。彼女は歯を食いしばりながら、怒りの涙を飲みこむ。占領軍やその協力者たちから迫害される者たちに関して、これまでたいして気にもとめていなかったヴィヴィアンの心を動かし一変させるのは、この子なのだろうか、それとも一陣の風の眼差しをしたあの女性だろうか？　大理石の碁盤縞のうえに倒れた、赤く縁どられた黒髪の、爪のかじられた生気のない手をした女性。ユートゥル。この言葉が鈍くざらざらとした音をたてながら、しつこくヴィヴィアンの頭のなかに打ちつけられ、怒りがこみあげてくる。赤ん坊が動き、泣く。お腹が空いているのだ。彼女は不器用なうえに乳呑み児の世話の仕方がわからない、娘を産んだ直後に乳母に預けてしまって自分ではろくに世話をしてこなかったのだ。その場しのぎでやってみる。

そしてなにもかもが瞬時に決まる——この子を実の子として育てていき、誕生日と出生地を偽り、この子にポールというありふれた名をつけ、ベルナールというありきたりな苗字の父親をでっちあげ、自分の娘を迎えに行き、できるだけはやく引っ越しをしよう。こうしてこの子は急遽生まれ直して四カ月若くなり、たちまち身元と家族に関するいっさいの過去をもぎ取られたのだ。こうして彼女はジャンヌ＝ジョイを迎えに行くが、ジャンヌ＝ジョイはその後長らく引き離された乳母のことを求めつづける。こうしてヴィヴィアンは瞬く間に母親の役割を学ぶ。こうしてやっと、彼女は死の言葉〝ユートゥル〟の首を絞め、無に帰させ、そして荒れ狂う風の眼差しの女性との約束を、実際には交わしていないが、守る。この風こそがヴィヴィアンの背中を押し、奮い立たせ、強いるのだ。

でも次は、どうすればいい？　いつ、この子が何歳になったら真実を告げればいい？　それに、どんな真実を？　彼の母親が追いつめられ目の前で殺されるのを見たこと？　そんなことを言ったところで、母親に関して、ましてや父親に関してはなにひとつ言い足すことなんてできないのに、なんの意味がある？　不完全な告白をしたところで、彼のまわりに虚無を広げて、彼を癒えることのない悲しみに陥れるだけなのに、どうしてそんな告白を突きつける？　毎日毎日、毎年毎年、ヴィヴィアンはポールへの告白の時期を遅らせる。彼女はこの秘密を誰にも打ち明けなかった、ファレーズにもガブリエルにも。時が経ち、真実はフィクションに、不合理になり、そして嘘がそれを維持し守ってきたおかげで現実となった。しかしある日、真実がその義務を要求した。来るべき時がついに訪れたのだ。そしてその真実は、ヴィヴィアンがポールにいくつかの手がかりをあげようとして痕跡や証拠探しのために旅行をしだしたことによって、刺激された。だがそれも虚しく、彼女はすでに三十年も遅れて行動に出たのだ。そして病気が訪れ、それから、ゆっくりと、彼女の死ぬ番がやってきた。そしてなんの手がかりもないまま、とうとう彼女はこれほどの時を経てからポールに告白をした。

# 40

あとになって、彼らがこの話を思い起こすことは一度もなかった。みんなポールの話を聴いた。それも今日になっても一言一句くり返すことができるくらいに注意深く。みんな長いあいだポールの話に耳を傾け、彼が話し終えてもなお傾け、話のあとの沈黙が響くように、誰も沈黙を破らずにいた。ただすこし時間をおいて、ガブリエルがポールに「ありがとう」と言ってから部屋を出ていった。ポールとともにヴィヴィアンにも向けられた「ありがとう」を、シャンタルとジャンヌ＝ジョイもまた言った。ジャンヌ＝ジョイはそれにつけくわえて、ヴィヴィアンの子供たちのなかで共通する母に一番よく似ているのはあなた、唯一の息子よ、と言った。リリはというと、彼女は小声で、寝ている人に対して起こさないように眠りのなかで知らせてあげるみたいに言う――「あなたもわたしも、わたしたちには母親がふたりいたのね。でもあなたのお母さんたちは、ひとりだけになろうと結集したのね。すてきね」

ひとりずつポールのそばから、明かされ共有された秘密を胸に、去っていった。その秘密はとても静かに明かされたので、思考のなかにそっと置かれたみたいで、また極めて適切に共有されたので、それ以降誰もその話をふたたび口にしたり議論したり質問したりする必要性を感じなかった。事実は本当にそのとおりに、恐ろしく、取り返しのつかないように起こったのだ。こうしてあるがままの事実は陰から顔を出したが、しかし遅すぎたために時間のなかで揺らいでいるのだ、真実性と作り話とのはざまで。つまりは、現実の真ん中で。それからはみんな新しく知った事とともに生き、同化し、受け入れる、それを支配できるとも検討できるとも、ましてや調べられるとも思わずに。

ガブリエルは引っ越し、テラスの欄干が孔雀石《くじゃくいし》色のつやつやした葉っぱの木蔦《きづた》で覆われている、まるい瓦屋根の家に身を落ち着けた。彼は大きな黒いグレネンデール犬の相棒を持つことにし、コスモスという名をつける。彼はコスモスを従わせることはせず、いつでも隣に並んで、おなじリズムで頭をあげて歩く。

犬はどこへでもガブリエルについて行く、彼が毎日通いつづけている建築事務所へも、定期的にビリヤードをしに行く市庁舎前の広場にある「グラン・カフェ」へも、際限なく何試合もやりに行くチェスクラブへも。そしてガブリエルは過剰に散歩をし、コスモスをともないながら道を歩き、はっきりとした目的もなく市外区まで行く。ぶらぶら歩きながら彼は頭にある仕事の企画を練りあげ、チェスやビリヤードをもっとうまくプレーできるよう策を練り、新しい策を編みだす。彼はこんなふうに紆余曲折を重ねながら定めた目標に向かって進んでいき、絶えず道筋を描きなおしつづける流動的な迷宮のなかを動き回る。彼は疲れ果てて、遅くなってからでないと家に帰らない。暇な時間やヴィヴィアンの不在がずんずん入り込んでこないように、隙間を作らないようにする。犬は、ドアを開けて枕元のランプをつけたままにしている寝室の敷居のうえで寝る。

ポールは数年ためらった後、ついに聖職者になることを決意する。己の宿命だと思っていた修道士の道ではなく、司祭職の道を選んだ。この決心は、失った時間を取り戻すかのように唐突にやってきた。道を歩いているときに、ある言葉を耳にした。それは犬を散歩していた男が、ベンチに座っている男を見て、軽蔑と嫌悪の混じった棘のある言い方で発した言葉だった。それを聞いたときふたつの動きがポールのなかで起こった、まずは嫌悪に狂い怒りへと高まった驚きの高揚。つぎに、明晰さと揺るぎなさを持った解決への鎮静。犬を連れた人は叫んだ――「おいなんだよ、ここにもまたアラブ野郎《クルイヤ》がいるのか!」ベンチに座っているアルジェリア人の男はその男に気づかず、なにも聞かず、タバコを吸いながら頭を軽くのけぞらせ、視線は大通りに沿って植わっているプラタナスの木のてっぺんを漂っていた。犬が離れたところに自分と同類のなんらかのにおいを嗅ぎとってリードを引っ張ったので、その主人は肩をすくめながら標的から顔を背け、小股で遠ざかっていった。だがこの言葉が、ポールはその言葉を知らなかったかあるいは気にとめたことがなかったのだが、歩道の真ん中に根を張り、通りをふさいだ。クルイヤ。吐き捨てられた言葉、心の粘液、精神の癌、言語の静脈瘤性潰瘍、母親への裁き、死刑宣告、弔辞代わりに投げつけられたユートゥルとおなじように。クルイヤ、アラブ語で〝我が兄弟〟を意味する言葉をねじ曲げられて生まれた、つまり尊敬と友情の意を含んでいるだけによりいっそう痛ましい。同様にユートゥルも、ドイツ語でたんにユダヤ人を指す単語が歪んで生まれた。醜い響きの言葉たち、しゃがれたグル音、それらの言葉を発する者たちの口を膿《うみ》であふれさせる。しかしその者たちは、膿と唾液を混ぜ合わせておおいに楽しむのだ。

クルイヤ。自分に向けられたのではないこの侮辱に不快感をおぼえ、傷つき、憤慨すると同時に途方に暮れて、ポールはこの感情のもつれあいのうちにあらわれた予期せぬ平穏を感じ取り、静かにこのもつれあいを追いはらった。〝ア、クヤ――私の兄弟〟。彼は司祭になるだろう。派閥、階級、カースト、種族を分ける境界線に無関心の。彼はみんなの兄弟になるだろう。そして家族のものであれ他人のものであれ、氏族に隷属し枠にとらわれたあらゆるつながりから解放されるだろう。彼は人の血の兄弟になるだろう。人種を越えて、さらには生きとし生けるものすべての血と息吹の兄弟になるだろう。彼はすべての種と一体になるだろう。

ヴィヴィアンの娘たちはそれぞれ母親になった。ジャンヌ＝ジョイは仲間のヴァイオリニストと結婚し、ふたりの五体満足の子供、息子のフランソワとつぎに娘のヴェロニックを出産した。シャンタルは、ピナ・バウシュの舞踏団のダンサーである日本人と同棲し、ユウという名の娘がいる。

ガブリエルの娘はひとりも出産しなかった。母親になりたいという欲望はときおり湧いてくるものの、その望みは強くも重くもなく、長つづきしない漠たるものだ。バルバラは一夜限りの遊びや恋をし、ときには熱中して気持ちが通じ合い長くつづいたこともあったが、きまって徐々に勢いを失い、未来がないことがはっきりしてくるのだった。彼女が変わらずに執着し、生み出すことに専念しつづけているのは絵画といくつかの彫刻である。彼女のアトリエは、愛と闘いと創作の部屋へと変貌する。

彼女は自分自身の影、亡霊、肉体の神秘、光と色の神秘との漠然とした体と体のぶつかり合いを追い求める。彼女の絵画は、絵画界でいくらか興味を持たれはじめ、すこしずつではあるがようやく自分が望んでいたくらいには認識されはじめる。しかし認識が広まるにつれ、彼女が抱くはずの満足感は薄れていく。疑念が彼女の心をさいなむことをやめない。疑念がふと湧いて、音もなく穴をあけ、根底を揺り動かし、そして彼女を風によろめかせる。ときどきそっと侵入してきては鋭くなり、虚無に達するほどの穴を掘り、彼女から声も思考も奪って、果てしない空き地——世界であり生命であり、彼女自身がそうであろうとなかろうと彼女自身でもある——の縁に彼女を置き去りにする。そうして彼女は仕事にもどる。急激に、盲目になって、あまりに切迫しているために無言のまま、意欲にかられ、生き延びようとする力に押されて仕事にもどる。彼女は**まるで**そのことに意義があるかのように絵を描く。すべてに逆らって、**まるで**自分の絵画にはなんらかの価値があるかのように。そうしてもしそのうちのいくつかの絵画が注目を浴び、さらには賞賛されるようなことでもあれば本当の満足感をおぼえるのだが、結局それも長つづきはせずあまりに不安定で、彼女が必要とする自信や慰めを埋めるまでにはいたらない。

## 41

バルバラの五つの絵画が展示されている合同絵画展の特別招待日の夜、ギャラリーにはたくさんの人が集まる。イヴ・クライン風の、自分の体の跡の絵だ。ただし彼のような単色ではないし、彼が象徴としている純青とはほど遠い色を使っている。彼女の絵は茶色、銅色、オークル、古金色、錆色と、色が変化して静的ではない。彼女の筆でありローラーである体が、横たわるカンバスのうえでわずかに動いたことによって小さな震えが駆け巡っている。また、指を開いた手全体の手形と、足の甲のふくらみと足のつま先の跡もつけた。クラインはそれをやるのを拒んでいた。手を描くと、自分が示したい塊や力やエネルギーのイメージが結集した像を、あまりに人間的にしてしまい、どぎつくなってしまうんじゃないかと考えていたからだ。バルバラのほうは力を分散させ、エネルギーを拡散させて、カンバスによりどころを探し求めて、頭からつま先まで己の体を投入する。彼女は手探りで、素材を手で触れ、しのぎを削り、跡というものの神秘に戸惑い、うつ伏せる。その結果、シルエットは震え、オークルや金銅色や赤色やオレンジ色で満ちあふれる。

人びとはグラスを片手にうろうろ歩き回り、大声で話し笑い声を響かせながら、展示されている作品を多かれ少なかれうわの空で眺め、いろいろな印象をかき集めてはあれこれコメントする。バルバラに近づいてくる男がいる。彼女に微笑みかけ、いきなり親しげに話しかけてくる。最初、彼女にはそれが誰だかわからなかったが、ヴァル・ドワーズの共同体の元メンバーだということがわかる。もう遠い昔のことで、あれからすでに十五年経っている。ひょっとするともっと前かもしれない。あまりに遠い昔の、あの熱狂の時、辛辣な確信の時、けっして長続きしなかった愛と口論の時、革新的な夢の大きな飛躍の時、転覆と焦燥の時。バルバラはこの過ぎ去りし時を美化することも愛惜することもしないが、かといって後悔もしていない。彼らの生き方は極端で不器用ではあったものの、それでもやはり真摯、希望、ある種の寛容、大胆といったものがそこにはあった。気楽さと激しさ、そしてとても素敵な喜びの瞬間があった。ところが、ひさしぶりに再会したジャックという名のこの男は、六八年の出来事を熱狂した若気の至りとして、あの時を揶揄するためにしか想起しない。ただし彼はそれをうまく利用する術も心得ていたようで、あの時のスローガンをいかにスポット広告に再利用し成功させたかをバルバラに語って聞かせる。というのもスローガンのいくつかは、なんだかんだその笑い種のなかに華々しさや、あるいはその極端さのなかに滑稽さがあり、いまでもそれは失われていない。彼は嬉々として大量に引用しながら、そのことを再確認する――「私は永遠の幸福状態を宣言する。――ズボンのチャックを開けるがごとく脳のボタンをはずせ！――休む暇なく生きる、束縛なく楽しむ。――誇張する、これが武器だ。――なんでもが体系化する。――打倒要約、短命万歳！

――偶然を探検しよう。――私は公道で享楽する。――愛している！！！　と敷石を持って言え。

――アナーキー、それは私だ。――主人もない、神もない。神、それは私だ。――ただ真実だけが革新的だ。――あなたの心の窓を開け。――ここでは、自発的に動く。――夢は現実だ。――もっとも美しい彫刻は、砂岩の敷石だ……」ここで彼は中断し、取るに足らない抜け目のないある連中が、カルティエ・ラタンの道路から大きく剝がされた敷石と、壁から丁寧に剝がされた広告とを外国に売りに行った話をする。そいつらは〝六八年五月の真の思い出〟でがっぽり儲けた、とりわけニューヨークで。彼自身もあれらの見事な敷石をひとつ持ち帰り、戦利品としてデスクのうえに置いている、すごい文鎮だ。それから、ギャラリーに飾られているバルバラの大きな絵をちらっと見て、彼女に言う――「おもしろい。クラインの再来か。色を塗りなおして、赤茶けて……きみの赤茶色の髪からインスピレーションを受けたのかい？」彼は笑い、笑いつづけ、五月の別の文章をまたぞろ引用する――「再発明されないかぎり青は青のままだ」浮かれたスローガン百科事典だな、こいつは。しかし彼が、クラインが青を徹底的に再発明したようにバルバラも赤や茶や銅色を再発明するべきだとアドバイスをしはじめたところで、彼女は話題を変えて、ヴァル・ドワーズの家の元住人たちとまだ連絡をとっているかと訊ねる。うん、二、三人はね、まだとっているけど、ほんのたまにね。もう全部過去のことさ。みんな、君もそうだし僕もそうだけど、多かれ少なかれ成功して地位を築いたはずさ。「われわれの共同体はいいタイミングで解散したよ」と彼は結論づける。「ほかの共同体なんかみたいに、たとえばフリードリヒスホフのオットー・ミュールの共同体みたいに型にはまりこんだり宗派に成り下がったりする前でよかったよ……ほら、そういえば、〈ウィーン・アクショニスト〉運動の影響は受けていないのかい？　きみのクラインよりも根源的で、体や色の使い方を問題にしているだろ……ほら、ヘルマン・ニッチェにしても色が赤々として、燃えあがって血を出してるんだぜ！　素材をとっても、流れ出すわ、化膿するわ、したたり落ちるわ、腹をえぐってはらわたを取って、そのうえしどろもどろになるんだ！　この人こそ血や肉や糞を再発明したのさ！」彼は自分の長広舌の虜になって、爆笑し、バルバラにニッチェとニッチェのOMシアターについてどう思うか訊ねる。しかし彼女はそんなことはどうでもよく、ただジェフやモナ、そして社会においてなにがあろうと〝地位を築く〟ことを望まず、それよりも社会を端から端まで穿《うが》ち、観衆の感覚をひっくり返して信心に凝り固まった人びとに衝撃を与えるような冒瀆不敬で乱痴気騒ぎの見世物とお遊びなんかしていられないと思っている、ひと握りの不屈な人たちがどうなったかを知りたいと思う。彼らがどこにいて、なにをしているのか知ってる？　ジャックから急に嘲笑的な空気が消え、びっくりした様子でバルバラを見つめる。「え、知らないのか？」わたしがなにを知っているはずなの？「あいつらの哀れな逃亡劇の結末をさ。ほら、十年くらい前。当時はでも結構騒がれていたよ」その騒ぎはバルバラのところまでは届かなかった。その当時も、その後も。長い遅れをとって、それは彼女のところに到達した。ヴィヴィアンの秘密がそうであったように。

自分の暗い赤銅色の大きなカンバスの前で立ち尽くし、片手にはワイングラス、もう片方の手にはタバコをはさみ、ギャラリーの狭い空間を移動する群衆のざわめきにぼうっとなり、ところどころくっくっという笑い声と「ほら！」で区切る話相手の饒舌にうんざりしながら、バルバラはどのようにして滑稽なゲリラ隊のプロたちがみんなに委ねられた政治的行為の舵を取り、襲撃に失敗して捕まり、けが人や死者までも出したのか、その経緯を知る。けが人のなかには人質たちとふたりの警官、そしてモナがいた。死者のなかに、ジェフがいた。共同体からの脱走者は、冷淡と言っていいほど無頓着な様子でこの情報を突きつける。これは過去の話だし無残だからあまり思い出したくない。この話には快活さもなければ嘲弄する価値もないし、ニッチェのハプニングにあるような遊びの猥褻さも楽しい狂乱もない、単なる平凡な武装襲撃の失敗談にすぎない。バルバラはこの話を真正面から投げられた石のように受け止め、そして記憶がむくむくと蘇り、映像が彼女のなかでわき起こり、動き回り、歪む。

ジェフの体、若い男の、愛人の体。若々しく嘲笑的な彼の微笑み、彼の爆発する笑い、そして爆発する怒り。ジェフの体は、バルバラがいままでに知り、抱きしめたほかのどんな体よりも彼女の肌につかみどころのない跡を残し、彼女の肉体に穴の痕跡、空白を残した。彼以後のどんな男性の体も本当の重みを感じられないほど、生き生きとして熱情的なジェフの体。でも、彼が生きていてトロイのエクトールの魅力をまとっていると思っていたあいだは、どこに誰といようと、モナであれべつの誰かであれそんなことはどうでもよく、いま感じている喪失感に苦しむことはなかった。彼がどこかで存在しつづけていてくれるだけでよかった。同時代人のままでいてくれるだけでよかった。彼女が心にかけている、またはかけていた、ひとりひとりとおなじように。自分でも気づかずに大いなる支えにしていた幻想は、消えた。

ジェフにとっては、血まみれの道化アキレウスに変貌した架空のエクトール役を演じるのが終わった。彼は、自分には合わない世紀に迷い込んだ叙事詩のなかの人だった。特に彼はどの世紀にもどの社会にも満足できない人のうちのひとりで、いかさま師、奇人たち、愚か者たちのごみ溜めである人間の土地を信じない以上に天国も神も信じない、慢性的な反逆者のひとりだったのだ。「**私は恒久的な拒否の立場を宣言する！　夢は無慈悲だ。死を探求しよう。榴弾のピンをはずすくらい力いっぱい脳のピンをはずせ！　あなたの心の便所を開けろ。人間は再発明されないかぎりくそったれのままだ。最も美しい彫刻は、弾丸で穴のあいた体だ**」バルバラは持っていたグラスに入ったボルドーワインでタバコの火を消す。グラスが手を離れて床で割れ、溌溂とした広告業者の生糸色のズボンのもとで飛び散る。そして彼女は出ていく。群衆から、音から、周囲の茶番から逃げる。

ジェフ、モナ——ここでは、我々は**自発的にむちゃくちゃに動く、過度に衝動的に動く。生はべつの場所にある！！！　ピストルを手にこれを言う。我々は死ぬほど楽しむ。**そして死がやってくる、粗暴な、馬鹿な、無意味な死が。さようならみんな、さようなら誰も彼も。**神、それは私だ、**つまりそれはごまかし、冗談、崇高なカゲロウだ。じゃあ生はどこに、べつの場所はどこに、ここはどこにあるのだ？　バルバラはえんえん街なかをぶらつき、アトリエまで行く。彼女は電気を全部つけたまま、部屋のなかをうろうろ歩き回りながら夜を過ごす。自分の絵や彫刻の下絵と向き合いながら夜を過ごし、それらをじっと観察し、すばやく評価する。「悪くない！」と展覧会に来ていたかなりの人が賛辞として言った。「すばらしい！」と数人が叫んだ。「おもしろい」と転身した元革命者が、バルバラもかつて**元**だったことを伝える前に言い放った。悪くない、うん、まさにそうだ。この曖昧な評価で十分だ、わたしの絵にふさわしい。ちゃんと、よくできているし、空間と色彩のセンスもあるが、真の独創性に欠けている。新しさや新奇さが微塵もなく、ただの模倣者にすぎない。たしかに才能がないわけではないが、革新を起こし人びとを驚かせた芸術の先駆者たちの作品に変化をつけているだけである。このままつづけることもできるだろうし、もちろん進歩もするだろうが、けっして遠くまで、彼女が行き着きたいと思うところまで——正確にどこまでかはわからないが——はたどり着かないだろうと感じる。気力を欠いているのだ、いまとなっては欲求も。

　バルバラはながながと絵筆や絵具やさまざまな道具や素材をいじくりまわし、それらに触れ、手に持って重さを感じ、絵の、木の、糊の、松脂の、粘土の、埃の、そして冷たいタバコの匂いを嗅ぐ。彼女はアトリエに、絵に、色や素材や押し型に対する情熱に、別れを告げる。**思い出してごらんバルバラ　忘れないでね**……彼女は一枚ずつカンバスを枠から取りはずし、床に積み上げていき、それから椅子に座りながらはさみを手に取り、コートを作るために見事になめされた皮を切り分けるのに没頭する毛皮職人さながら、落ち着きはらって仕事にとりかかる。だが、彼女が用意しているのは道化のコートである、というのも、裾を裁断しているわけではなく、ただ不揃いの小さな断片を切っているだけだから。**やさしく君を腕のなかに抱いた彼は　死んでしまったのだろうか　それとも生きているのだろうか**……彼女はすべての絵を切りつけ、はさみで断ち、念入りに裂いていく。体ローラーで塗られた黄土色、暗褐色、金色と褐色でべたついた、ざらざらとしたカンバスの革は、細かい切れ端になって散らばる。彼女の第二の肌、多数の色素を持った亜麻仁油の彼女の肉体から屑が落ちる。バルバラは自分の体の押し型を解体し、皮を剝ぎ、皮をむき、皮を擦りむく。朝になって、彼女はあまりに長時間はさみを使いすぎて指が痛くなり、疲れで目は赤くなり、床一面に色とりどりのカンバスの残片が堆積している。これらの屑を拾い集め、ごみ袋に詰め込む。それからアトリエを整理し、掃除する。彼女はアトリエから出て、ドアの鍵を閉め、もう二度と戻らないことを悟る。たったいま、絵画との関係を断ったのだ。これまで彼女は一度も恋愛を成し遂げたことがなかった。あるいはひょっとすると、成し遂げていたのかもしれない、たんに毎回やめるべき時にやめることを知っていただけなのかもしれない。

# 42

窓や夜に彼女が夢見ることはもうない。子供の頃、道を歩きながらそれらを見るのが好きだった。顔をあげて建物のファサードを見ると、そこには時間がくると瞑想に耽って閉じられた瞼があり――輝くあまり透明になってしまっている――あるいはシルエットで装飾された光の飾り枠がある。

夜の帳《とばり》が下りると、建物のファサードは絵本の、それも動く絵本の一ページのようだった。存在の断片をささやく本。彼女はその始まりも終わりも知らず、実際はまるでなにも知らないけれど、その登場人物たちは内容と同様に簡素で儚い影にすぎないものの本当に生きていた。幻の生命ではなく、自立したべつの生命で、彼女に対してはまったくの無関心で、彼女と仲間意識を持つなどということもいっさいなかった。いまこの場で共通するものを分かち合う、生者たちのあいだの流動的な関係。そしてそれは揺れ動くなかで曲がり、疑問符になるのだった。彼女のまわりで、すぐ近くで、近づくことのできない今まさに生きているこれほどたくさんの人たち、動いているたくさんの体、繰り広げられるたくさんの身振り。彼女の知らないところで交わされるたくさんの会話と視線、たくさんの考え。たくさんの運命――多くの人にとっておそらくそれは月並みだろうが、それを垣間見させている窓枠の濃い金色の光と光沢によって輝きを増すのだ。

照明が変わったため、かつて夜の窓を彩っていた麦色の、琥珀色の、オレンジっぽい黄色の光を放つことは稀になった。客間や寝室にはいらだたせるように瞬間的にパッパッと強さを変える蒼白い光が取りこまれ、いまではランプではなくテレビ受像機が偽りの採光を放っている。画面の前のたくさんの人、画面に向けられたたくさんの視線。いまでもあいかわらずたくさんの生者がいることはいるが、窓には青みがかったうわべの光しか揺れず、もはや物語とは言えない。

照明以上に変わったのはバルバラのほうだ。歳をとり、単純に〝窓瞼〟の美しい光や脱走者である母親ファニーの隠された人生を連想させる窓の飾り枠の幻想に想像力を働かせることがなくなったのだ。彼女はもうべつの家族を夢見ることはないし、自分の過去につまずきや失望、喪失や諦めの種がまかれていようとも、家族の死がつぎつぎと起きようとも、その過去以外の過去を望むこともない。後悔も恨みも感じない。喜びや楽しみ、喜びに沸いた日々や歓喜した時間もたしかにあったのだ。彼女は自分の趣味や欲望のおもむくままに、自由に生きてきた。ときには優柔不断や言い逃れに、ときには断固たる選択と化した自由の代償を払うことを受け入れる。自由は愛と一緒で不安という代償があり、どちらもけっして手に入れることはできない。

窓や夜に彼女が夢見ることはもうない。いや、だが一度だけある。思いもよらず、道を歩きながら彼女は驚いて歩みをとめる。すでに夜は更け、街は寝静まって人通りもほとんどなく、ファサードは暗闇に沈んでいる。ところがある建物の三階の窓に明かりがついており、カーテンが大きく開いている。なかの部屋は広く、がらんとして見える。カップルが踊っている。女性はボタンをきちんと留めていないシャツを着ていて、肩のあたりがたるんでいる。男性はストライプ模様のパジャマのズボンをはいていて、上半身は裸だ。ふたりは一方向に軽快なステップで小刻みに動き、ゆっくり半回転してはまたすばやく後ろにさがっていく。彼らはこうして部屋中を動き回る。そしていきなりフォックストロットから体を密着させるマンボへと変わり、互いに腰をぴったりくっつけたかと思うと、斬新で躍動的なブギウギへとつづく。ときどき彼らは止まって大笑いして、一方がおおげさな身振り手振りをし、もう一方がおどけて、そうしてまた熱心にダンスをはじめる。ふたたびフォックストロットを巧みに踊る。音は通りまではいっさい聞こえてこないので、ふたりは幻の音楽にのって踊っているかのように見える。しかし彼らの体はじつにしなやかでエネルギッシュで、身振りがとても雄弁で、脚が極めて敏捷なので、沈黙は官能的になり、音が聞こえてくるかのようだ。そしてとりわけ彼らの体は、喜びと軽やかさと活発さに満ちた結託をあらわしている。ふたりは真夜中に楽しく踊る。ひょっとするとさっき愛を交わしたばかりの寝室から出てきたところなのかもしれない。そしてふたりの歓喜があまりに大きくて眠気を吹っ飛ばし、寝たくなくて、くっつきながらくるくる回ってこの大歓喜を長引かせようとしているのかもしれない。楽しい純真さの、のんきさの、狂人たちと王たちの祭りの状態。というのも、真夜中に客間でスイングしながら踊って、跳んで、くるくる回って過ごしているこのふたりは、かなり狂っている王と王女なのだから。ここが彼らの玉座の間なのだ。そして唯一の玉座は、彼らの過剰に動いている体。ふたりが大満足するまでは満たされることのない、欲望と愛と輝きに満ちた体。

# 43

まるい瓦屋根の家に住む父にバルバラは会いに戻るが、彼女はもう父から特別な愛情や贔屓のしるしを見出すことは期待しなくなる。もう芸術界で認識されることを望まないのと同様に、愛情の証を探し求めることもない。ディオゲネスの言うところの、極度の無関心の状態にいたったからではなく、時が彼女のうちにゆっくりと、よけいな部分を削除し、掘り返すという作業を施しているからである。しかし、このあえぎあえぎの作業は、ヴィヴィアンやジェフの死後の知らせによる衝撃なしには実りもすくなく、もっと長くかかっただろう。過去の出来事は伝達の遅れによってその激しさが和らげられるどころか十倍にもなり、あるいはむしろスローモーションで拡散し、動きがばらばらになって、ときおりほとんど停止して、その印象の影響力を際立たせる。

仰向けに寝るジェフの体――腕は頭のまわりに弧を描き、肌は部屋の薄明りのなかで琥珀色がかった白色に光っている――と、警察が突撃している道の喧噪のなかで血に染まり、歩道に崩れ落ちた彼の体とのあいだに、つながりを作ることは不可能である。生きていたときの彼の体を、バルバラは知っていた。愛する人の体を愛撫し、見つめ、探求した。だが死んだ彼の体は、なにも知らず、なにも見ておらず、そのときの場面を想像することしかできない。しかし詳細がわからないためにそれさえも困難だ。結局、空っぽで増大する不可能なイメージをふくらませるしかない。どんな格好で彼は倒れていたのだろう、仰向けに、腕は頭のまわりに弧を描いて、あるいは歩道にうつ伏せに、ばらばらになった操り人形のように腕も脚もばらばらな方向を向いていたのだろうか？　いつ彼の心臓は打つのをやめたのだろう？　彼は怖かったのだろうか、苦しんだのだろうか？　いつ自分が死ぬことがわかったのだろう？　それは知ることができるの、意識はつづくの？　もしそうならどれくらいの時間、どんなふうに？　クリスティーヌの亡骸を前にしたときに襲ってきた不安が、またもや彼女をさいなむ。そして疑問は体のほうへも向けられる。家族に見守られるなか遺体安置台のうえに横たわるヴィヴィアンの体へではなく、棺のなかで花に覆われた子供のソフィーの体へでもない。一九四三年二月のある朝、パリのアパルトマンのホールに突如あらわれた見知らぬ者の体へだ。最上階から階段を真っ逆さまに落とされ、ヴィヴィアンとヴィヴィアンに託されたばかりの乳呑み児の足下に、大理石の床のうえに横たわる女性。この場面にしてもバルバラは目撃していないものの、視覚化する。というよりも、ヴィヴィアンが二重に見える——階段下で体を縮め、毛皮のコートのしたに子供を隠している実際の彼女。もうひとり、地面でうつ伏せになり、髪がばさっと広がって血に縁どられている彼女。死を免れた者と宣告された者。互いに見知らぬ者同士だが、母親であるという急な団結によって永久にひとつに結ばれた者たち。

この場面から、明るく純粋な一条の光が絶えることなく流出し、それがじわじわとバルバラのうちで凝縮し、彼女のなかで凝り固まっていた雑然とした感情の山を焼き尽くす。そして、安っぽいきらめきで汚れるままにしていた〝愛〟という言葉を、そこから取り出す。愛は、大々的な宣言や大げさな身振りや態度で飾られるべきでものでも、なにかであふれかえるべきものでもない。愛は、それが本物なのかどうかを心配することなく、ただ存在し、ここぞという時と場所で行動に出るものなのだ。主人が休んでいるのを眠ってしまいそうになりながら見守っている犬のコスモスのように。あの日、道の曲がり角で垣間見た、太陽の光を浴びて沈黙にざわめき、自らの木の宿命のリズムに惜しみなく身を委ね、植物の秩序と時の秩序とを調和するあの大きなユリノキのように。ソワーニュの森のなかで座って、祈りを放出し、穏やかさに歓喜し、不可視に開かれて、人間の宿命と調和した、あの立派だと名高いルースブルックのように。また同時に、労働司祭と刑務所の司祭になったポールのように。それからまた、あの夜ダンスしているのをバルバラが目撃した、ひとつのパジャマを分け合って半分ずつ着ていたあのカップルのように。

だけどジェフ、彼は？　彼は愛を貶《おとし》め、鉄くずとし、怒らせ、その肌に穴をあけた。そこから断続的に、むき出しで鋭い光が放射される、なにも照らさないが、震えている。

リリ、バルバラ？　彼女自身の、このふたつのパーツのあいだで揺れることはもうなくなり、もう〝リリの時期〟を否定する必要もなければ、情熱と仕事と孤独のなかで築き上げてきたバルバラを放棄する必要もない。彼女は一方であると同時にもう一方でもあり、その溶接が彼女のなかで起こり、脆くはあるが保たれている。この溶接は、まったく異なるふたつの光がヴィヴィアンの話とジェフの死のずれた時間に乗って交差したことと、それと絵画を経験したことによって生じた。絵画は、自分でも驚いたが、性急さと静かなる決意が混ざり合うなか、突然やめた。だが苦行ともいえる余暇のあと、新しい、婉曲な方向から絵画に戻った。彼女は絵画の修復職人として、新たな方法で絵画に仕えることになった。この仕事に必要とされる忍耐と極限的な細心さが気に入った。これによって彼女は精神の集中と、慎重な動作と、自己を忘れるためのたゆまぬ訓練に身を置くことになり、それが彼女を落ち着かせるのだ。長いあいだ情熱的に、時に激しく乱暴におこなっていた、カンバスや素材や跡や色との体と体のぶつかり合いは、なかには何世紀も前から消えてしまった芸術家たちの作品との、長く静かな顔と顔の突き合わせへと変わった。いまではほかの人が描いた絵画と、分析や熟考や触れることによる穏やかな対話をしている。

彼女はもはや急ぐことなく、時の流れに身をまかせ、緩慢さを味わうのをおぼえる。また、ときにはまったく、あるいはほとんど知らない芸術家特有のものの見方に、目と頭を大きく開いて自己消滅することを楽しむ。何時間も板のうえに置かれた絵画に身をかがめ、埃を落とし、元の輝きを取り戻すべく磨くことに没頭したあとには、絵が鏡になっているように思うことがある。自分の姿を映しかえしているのではなく、自分自身の知らない一面を明かすのだ。失われた横顔が果てしない地平線に沈みこみ、光となって鋭くなる、だがとてもかすかで、遠くにある。

# 44

コスモスは犬の寿命としては大往生ともいえる十三歳近くまで生きた。彼のふさふさの黒い毛は輝きを失って薄くなり、視力、聴覚、それから嗅覚は衰え、足取りもおぼつかなくなりはじめて、最後にはよろめくようになった。ある朝、彼は目覚めなかった。ガブリエルは彼の隣に横たわり、長いこと強く抱きしめる、自分の動いている心臓の鼓動を分けてあげようとしているかのように。しかしこのグレネンデール犬は動かないまま、その心臓は止まったままだ。ガブリエルは彼を火葬し、骨壺を自分の寝室に置いておく。彼は娘に、自分の目覚めない番がいつかやってきたら、この骨壺を棺のなかに入れてほしいと頼む。なにしろ、と彼は言う、コスモスが三カ月のときからこの家に迎えて飼いはじめたときから、ほとんど離ればなれになったことがなかったんだ。それに彼のことを主人である僕に仕える影だなんて思ったことがない、彼は相棒であり、食事仲間であり、連れだったんだ——だって十二年以上も一緒におなじ時間、おなじ場所で寝て食べて、それぞれが自分のしかるべき場所に立って、街中や田舎道をならんで歩き、一緒に夜の時間を過ごして、それぞれの言葉で楽しく会話したんだよ。なんていったってコスモスの言葉は絶妙だった。体ぜんたい、しっぽや耳の動きを使うし、毛のうねりやかぎりなく多彩な眼差しによって、そしてさまざまな感情、待ちきれない気持ちから諦めまで、怒りや対立からやさしさや暗黙の了解まで、疑いから理解まで、軽蔑からユーモアまでの抑揚をつけることのできる声によって表現するのだ。

また、コスモスはガブリエルがチェスをするときのパートナーでもあった。ガブリエルがときおり自宅でひとりチェスの試合をするあいだずっと、このグレネンデール犬は彼と向かい合っていた。おすわりをして背筋を伸ばし、耳を立て、胸と首のまわりのふさふさとした毛の胸飾りと飾り襟のうえに、槍の穂先みたいに顔を細く尖らせながら。そして視線はチェスボードから主人の手へ顔へときょろきょろ動かす。ガブリエルはなにも犬が自分とチェスで遊んでいたとか、コスモスがゲームのルールをわかっていただとか言っているわけではないが、コスモスはのろのろとした試合の行方を注意深く、とても忍耐強く追っていた。自分の人間の友達が専念していることはとても真剣にやることなので邪魔してはいけない、気を散らせてはいけない、それよりも一所懸命に集中することで支えるのだ、とわかっていたようだった。犬というのは、自分の主人にとって大切なことや重要なことを、たとえ自分にはわけがわからないことだらけだとしても、それを重んじることができる。そんなふうに顔と顔を突き合わせることは、大概の人間にはできない。人間は、活動や思考から離れて、論理も正当性も面白みもない状態でいつづけようとしても、早々にいらだつか、傲慢になるか気分を害するかしてしまう。犬にはなんの虚栄もうぬぼれもないが、自尊心がある、とガブリエルは強調する。それに羞恥心もある。これは一緒に暮らす際に考慮すべきことだ。

この羞恥心というのを、鏡の効果でもってガブリエルは知るにいたった。ある朝ガブリエルは裸で浴室から出てきて、廊下に立っているコスモスを驚かせた。ガブリエルにそそがれるコスモスの視線は穏やかながらも驚きをあらわしてるようで、その驚きの事実を客観視しているようにすら見えた。ガブリエルはそんなふうに観察されて戸惑い、気まずさをおぼえた。コスモスの目は人間のそれと似て鋭いが、しかしその目には、人が子供であれ大人であれ同族の裸を目にしたときにその人の目に浮かぶようなものは、なにもない。軽蔑も不安も、陰険さもずる賢さも、挑発的な感じも無遠慮な感じも、寛大さも、楽しそうな様子も嘲笑的な様子も、無邪気さもあらわさない。のぞき趣味のようなものは微塵もない。特別な感情のない、静かだが鋭い視線。そしてその視線が、犬という、人と近くかなりなじみ深い種族だが共通の尺度のないまったくべつの種族であり、つねに毛で体が覆われているため裸を感じることができない、裸を知らない種族にそそがれているだけに、いっそう困惑してしまうのだ。ガブリエルはこの動物の視線を受けて、自分が何者――誰、どこの、なに――であるかを突然自問し、ある種の陰鬱な愚かさという衝撃を受けて、狼狽した。アダムとイヴがはじめて互いに裸であることに気づいたときもそうであったに違いない。互いの視線があったからだけでなく、神――いるかどうかはべつにして――の視線の先にいたからだけでもなく、獣の視線、大きいのも小さいのも、周りにいた、互いに自明のこととしてそれまで仲良く暮らしていたすべての動物たちの視線があったから。ガブリエルは、獣たちの視線は人間たちの隠された裸に対して言いたいことがたくさんあったのではないかと思っていた。この世に存在することの単純明快さを乱すことなく、自分たちの自然な慎ましさを傷つけることもない獣たちの深い視線。ある場合において〝主人〟という称号は、犬に、あるいは人間と親しい間柄にあるあらゆる動物に返上されるべきものだとガブリエルは結論づけた。矛盾だらけで、愚かにも自分の優位を信じこんでいる人間にではなく。

ガブリエルはコスモスに見出したあらゆる関係性――相棒、食事仲間、パートナー、そして時には主人――をかき集め、最後にひとつ〝友達〟に集結させた。結局、とある日彼はポールに微笑みながら半ば無邪気に、半ば挑発的に言う。もし神の息子が自分の弟子の善良なやつらに、彼らをしもべではなく友とみなしていると言うことができていたら、人間はあらゆる動物を友として迎える権利を持てた、むしろその義務があっただろう。この発言にポールは全面的に賛同し、アッシジのフランチェスコとかいう人がガブリエルより前に、動物のみならず植物や石やあらゆるものを〝兄弟〟、〝姉妹〟と呼んでいたことを思い出した。さらに、ジャイナ教徒たちは動物たちに対して、それももっとも微細なものにいたるまで配慮を突き詰めており、彼らのなかにはどんなに小さな虫さえも飲みこまないようにと、口に薄手のヴェールを着けている者もいる。

友であるグレネンデール犬の喪に服すガブリエルの動揺は大きく、おさまることがない。彼はしだいに言葉の関心を失って、自分のまわりに沈黙の繭をつむぎ、そのなかで半休眠状態におちいる。彼は老いに身をつつみ、そのなかに溶けこむ。リリ・バルバラは内心、ヴィヴィアンがポールにしたみたいに父も死ぬ前に彼女の母親のファニーに関する驚くべき告白をしてくれるのではないかという、馬鹿げているとは思うが強い希望を抱いているのだが、その希望はますます挫折の運命をたどる。彼女はそのことがわかっていながらも、それでもなお諦めることができない。というよりも、大人である彼女はそのような打ち明け話がありそうもないこと、さもなければ不可能であることを認めているのだが、彼女のなかの片隅にいまだにうずくまって隠れている少女の彼女のほうが、武器を下ろすことを拒絶し、虫と太陽の輝く日射しいっぱいの、花盛りのマロニエの丸天井のしたで揺れ動くブランコから降りることを拒絶しているのだ。

# 45

最初、リリ・バルバラの目に入るのは彼の髪の毛だ。ぼさぼさの白髪になりはじめている濃い金髪で、額のあたりが薄くなっている。それから目につくのは、カウンターのうえに平らに置かれた手で、彼はかがみこんで版画の両脇に手をついていた。彼はその絵をじっと眺めている。彼女にはなんのモチーフなのかはわからないが、小さなセピアのラヴィ法版画だ。彼は集中して版画を観察するあまり、自分の店にこの女性客が入ってきたことに気がつかなかった。この男性の左右の手は不思議に思える。それぞれまるでふたりの異なる人の手のようだ。ピアニストと彫刻家の、あるいは書家と整備工の手とでも言えようか。一方は長く骨ばっているが繊細で、もう一方は小さくがっしりとして血管が浮き出ていて筋肉質だ。それぞれの肌でさえもまったくおなじように光をとらえておらず、片方の手はなめらかに光っているのに、もう片方の手には光がだまになっている。突飛な考えがリリ・バルバラに浮かぶ――彼の足もおなじように違うのだろうか、片方が細くて、もう片方がずんぐりしてるとか？だがそれよりも気になるのは、以前にもこんな手を見たことがある気がするということだ。記憶をたどり、父やポール、過去の恋人たちや友人たちの手を思い返してみるが、どれも違う。右手が細い楕円形で、左手が分厚く四角い形をしている人なんて誰もいない。額にはめなければならない版画を前にしているこの男性の集中力と同等の集中力を駆使して、リリ・バルバラは彼の手を注意深く観察し、そして彼同様にうわの空になる。彼女は自分がひとりではないことをすっかり忘れて、探していたモデルをとうとう見つけたとき、つい小声で叫んでしまう。「そうだ、レンブラントだ！」男性は顔をあげ、鼻の先っぽで平衡をとっていた眼鏡がぐらつき、そしてほとんど怒ったような声で反論する。「とんでもない！　これは十九世紀のものです」この誤解にリリ・バルバラは当惑し、自分が馬鹿みたいに、またいささか場違いにも思える。そしてその直後にさらに事態を悪化させる。「版画のことじゃないです、あなたの手のことです」職人は物問いたげな視線を自分の手と目の前に立つ女性に交互にそそぐ。そこで彼女はさらにべつの特徴が彼にあることに気がつく。今度は彼の目で、片方は細目で薄い緑色で、もう片方はより大きく色も濃い。またもや、彼の足も大きさが違うはずだと想像をふくらませる。片方の大きさが三十九で、もう片方が四十五。けれどもこの愚論を本人に伝えることはしないでおく。もう一度レンブラントの絵画に頭をもどして、正確にどの絵のことだったかを考える。あれは《放蕩息子の帰還》、目の前にひざまずく息子の肩におかれた父親の両手が驚くほど違うことがはっきりとわかる絵だ。「ああなるほど……」と額縁職人は一瞬間をおいて言う。その絵が重い衝撃を彼に与えて、呼吸を整えなければならないかのように。「手はもしかしたらそうかもしれない。でも父親の威厳は……」この告白を漏らしたことでばつが悪くなり、彼は目をそらして手をカウンターのうしろに引っ込める。それから彼は商人の役目にもどる。「いかがいたしましょう？」リリ・バルバラは、いまでは彼とおなじくらい困惑してしまっている。急いで額に入れたい写真を彼に差しだす。白黒の風景写真だ。縦二十四センチ横三十六センチの銀を含んだ紙にプリントされた美しい写真で、女友達にあげるためにある古本屋で買ったものだ。彼は写真を見るために眼鏡をきちんとかけ直すと、すぐさま眉毛をつりあげる。彼はふたつの作品を近づけてあっちを見てはこっちを見て、それからふたつの画を客のほうに向ける。「あなたは類似性に敏感な方のようですが、これをどう思いますか?」今度は彼女が眉毛をつりあげる番で、その偶然の一致はたしかに興味深い。

ラヴィ法版画のほうは、平らな水面のうえを飛翔する三羽の白鳥の絵で、写真のほうは、池のうえを飛ぶガンの群れが写っている。どちらも水平線がそれぞれ画の下から三分の一ほどのところにあり、ところどころ線が濃くなっている。右側には、すらりとしたシルエットから察するにポプラの木々がある。そして空は祝福をうけて、斜めに射す朝の光に照らされた雄大な雲が点在している。いずれも、鳥たちが斜めのラインに沿って飛んでおり、それらの影が水面に水平の線を描き、左側の手前にはイグサが盛りあがっている。セピアのラヴィ法版画は色使いに類まれなる繊細さを見せていて、ほとんど黄色に近い明るい茶色から黒っぽい暗褐色までを使い、一種のやさしさを醸しだしている。一方で写真のほうはコントラストの効果を巧みに生かしていて、すこしだけ、さもなければまったく色合いはなく、朝の寒さを感じる。ふたつの似通った風景だが、視覚的な印象はまるで違う。またぞろ彼女は類似点よりも相違点に気がつく、特異な手をしたこの男性がどう思おうが。

写真を受けとりに、つぎの週にふたたび訪れる。額縁職人が仕上がりを見せて彼女はそれに満足したので、彼は額を気泡緩衝材でつつみビニール袋にすべりこませる。店の出口まで彼女を見送る。出るときに、彼女はすばやくちらっと彼の足を見る。彼の足は全然非対称ではないが、靴はレンブラントの絵の有名な放蕩息子のぼろ靴さながらすり減り、形が崩れているようだ。このことが彼女にはたいそう面白い。家に帰ると、袋から額を取りだしてプレゼント用包装紙でつつむ。袋からサフラン色の厚紙の封筒が落ちる。表になぐり書きされた短い言葉がある。「思い出に」。そして封筒のなかには、例の版画のカラーコピーが入っている。色は褪せてぼやけ、風景は全体的にベージュと茶色っぽい色が広がっているが、それとわかる。リリ・バルバラは封筒と絵を棚のコップとグラスのあいだに、隣り合わせにして置く。プレゼントをつつみながら棚を横目で見ていると、リボンを切っているときに指の先を深く切ってしまう。と同時に、このコピーが〝思い出〟ではなく、間違いなく婉曲なアピールであることがはっきりとわかる。

数日後、お礼を言いにまた訪ねる。それと、いまだあやふやなアピールに応えに。ふたりは店内でえんえんと立ち話をする。あらゆること、他愛のないこと、ある面では似ていて、互いに補い合う自分たちの仕事のこと。

彼女は頻繁に訪ねるようになる。それも一日の終わりに、閉店時間に。ふたりはときどき近くでご飯を食べにいくようになり、その頻度も増えていく。いつもとめどなく話し、あらゆること、他愛のないこと以上に、自分たちのことを話す。彼は若くして結婚したこと、その八年後に離婚したことに触れる。息子がひとり、ブノワというやさしく活発な子がいた。思春期に性格が変わり、高校を中退し、家出をするようになり、クスリに手を出し、味をしめるだけではすまず依存するようになり、弱いクスリからしだいに強いものへと変わっていった。そして彼は父親として、息子がなぜこんなふうに身を落としつづけるのかを理解しようと努めるのではなく、またどうしたら立ち直る手助けができるのかを探し求めるのでもなく、強く抑圧的に、なによりも効果のないやり方に訴えることしかできなかった。息子はクスリの過剰摂取によって亡くなった。十七歳だった。

彼はきまって彼女を家の前まで送ると帰ってしまう。彼の名はマテュー、彼女より三歳年下だ。このふたりにはまだ百年以上かかりそうだ。ふたりとも若かった頃は、誰かに心を惹かれてその人が応えてくれたとき、これほどのためらいや迷いにぶつかることなどなく、自分たちの欲望をえんえん苦しませるなんてことはしなかった。時が時間をかけることの味わいと待つことの感覚を、欲望の生気をすこしも失わせることなくふたりの体に植え付けていったのだ。

ふたりは愛し合っていたが、そのことに驚くばかりかほとんど怖気《おじけ》づく。彼らは幸せで、なぜだかわからないが怯える。まるで自分たちがそうなる権利を認めないかのように、あるいは、いつか訪れるであろう喪失を恐れて、いやむしろ、この予期せぬ幸せに苦しまなければならないと恐れているかのように。

はじめて互いを前にして裸になると、彼らはこれまでに感じたことのない恥じらい、すくなくともそれに似たものを感じる。そこにはそれぞれの過去からこみあげてきた数多くの感情が、穏やかな感情も胸が張り裂けるような感情までもが混ざりこんでいる。

そしてそれまで自分たちは男の体や女の体、性的快楽について詳しいと思っていたが、突然自分はなにも知らず、不器用であるように感じる。互いが体というものを再発見する。年齢によるしわの刻み込まれた、相手の体と自分の体を。そして愛の喜びがふたたび体を軽く、官能的にする。喜びに満ち、そして無垢にさせる。

# 46

ガブリエルはしだいに月日の感覚が薄れてきて、もはや時間軸のなかに身を置かなくなっている。人生という電車が線路のうえを逆方向に蛇行し、靄のなかを走っているようだ。彼はどんどんスピードが落ちていく電車の動かぬ乗客で、時間だけが彼のなかで流れ、彼の肉体と精神のなかで生きる。そしてそよ風がゆっくりと螺旋を描きながら旋回して肉体と精神をやさしく浸食していくように、過去の層をばらばらにし、現在の樹皮を壊し、粉砕する。彼の今日は虚無にむかって大きく口を開き、その底では昨日が輝いている。水や粘土や光のしたたる鉱石にも似た数々の塊が突然跳ねることで、古いものがもう一度浮上し、それらにはナティの微笑みと声が、ヴィヴィアンの華麗さが、クリスティーヌの笑い声が、ガブリエルの鬼火が、彼の選ばれし娘が、そしてコスモスの鳴き声の太くこもった響きがある。リリ・バルバラは、父が己の殻に閉じこもって遠ざかり、そこで波風たてずうめき声も漏らさずに静かに難破するのを目の当たりにする。彼女に対する父の愛情は、あれほど長いあいだ彼女を悲しみに沈ませていたが、いまでは和らぎ、頑固な期待の棘がいまだに刺さってはいるものの、すくなくとももう慣れた。ガブリエルはディアスコロスでもなければビルボックでもなく、彼は姓も名も彼女の父であり、永遠に父親として子供たちを平等に愛することを気にしながらうまくいかない老人であり、しかしどんなことがあろうとも母親を失った自分の娘を育てるために最善を尽くした人である。

彼女は父にマテューを、遅くにできた、愛に満ち足りた恋人を紹介したかった。だがもう手遅れだ、ガブリエルはもはや現在を生きてはいない。彼女が父をやむなく入所させることになった介護療養型医療施設に会いに行っても、彼は自分の娘をほとんど認識できなくなっている。

あいかわらずゆっくりながらも彼の体内で螺旋状にぐるぐると回っていた時間は、やがて彼の肉体から抜け出て、皮膚の毛穴を通って逃げだし、息をするのに力尽きて、ついにある日彼のもとを去る。ガブリエルは自分の時間を使い果たした。それはひっそりと、コスモスにならって寝ているあいだに起きた。コスモスもガブリエルも、この地上で過ごすために生き物に与えられた歳月の取り分をほぼ目一杯使い果たした。それぞれの種族に応じた歳月、グレネンデール犬は十二歳の大台に乗り、ガブリエルは九十歳ちょっと。

息を引き取って間もなく突っ込まれた冷却室から出されたばかりの、ストレッチャーのステンレス板に横たわっている人は彼女の父であり、父ではない。肩までかかっているシーツは、彼の痩せた体を隠すどころかむしろ際立たせている。すべての骨が張り出している。彼女は彼の額にキスするが、その肌はものすごく冷えて硬くなっており、その冷たさに彼女は身を硬くする。肉体は組織を失って古びた黄色っぽい象牙色をしている。これは体の幻影である。リリ・バルバラは、この横たわっている大理石化した人のほうに身をかがめ、目を閉じ、耳元で小さな声で、とても小さな声で長いあいだ話しかける。冷気を発する耳にささやきかける彼女の生きた唇は、父ガブリエルの脳を、目を、口を、上半身を、心臓を、腹を、ありとあらゆる臓器と四肢すべてを手中におさめた無機質な夜のなかで、単純な言葉による軽やかな流れをそそぎこむ。彼女は深く考えることなく言葉が流れるままにし、それらの言葉は彼女の子供時代や幼少期から、動物園のそばでふたりだけで過ごした頃から湧き上がってくる——それらの言葉は鳥小屋から湧き上がってきて、檻の格子のうしろで空を夢見る鳥たちの靄と絹の声を帯びる。娘は父に飾らない言葉で語りかけ、いまでは穏やかになった愛情と、いっさいの非難がようやくなくなりすべての影のなくなった感謝の気持ちを述べる。それは水と光のせせらぎである。すべてが完遂され、すべてが赦された。彼女の声はいままで遠くに運ばれたことがなく、逃げだし消えてしまった母まで一度たりともたどり着いたことがないし、彼女が注意を引きたかったほかの人びとにすら届くこともなかったが、今回は正しく、清澄に運ばれていく。目の前で横たわる父の体——紫がかった茶色い斑点でいっぱいのオークルの皮膚を張りつけた骸骨、あまりに酷使されていまにも崩れそうだ——そんな夜のなかで彼女が発するのは、甘美で流麗な鳥のさえずりだ。彼女は、見棄てられ打ち捨てられた体の静けさと冷たさのなかで、人生について、温もりについて、言語についてわずかながら語っており、体内を照らすため、そして閉じこめられている殻から脱け出すのを助けるために、言葉の蛍をそこに撒く。誰を救う、なにを救う？　父の魂、囚われた鳥？　彼女はわからない、なにもわからない、魂とは、死とは何なのかもわからない。自分の無知と、それとおなじくらい自分の確信をさえずる。

彼女は最後にもう一度だけ棺のなかに横たわる父を見る。彼はまた大きくなったような感じがする。ミイラの顔をした長い骨の束。棺の蓋が閉じられる前に、コスモスの骨壺を入れる。主人とその友達は、灰と塵になっても永遠の仲間として結ばれる。

# 47

父の書斎では、秘密を明かすようないかなる文書も、プライベートな日記も、手紙も、写真さえも見つけることができなかった。家族手帳を穴があくほどじっくり調べてみた。表紙は灰色にくすみ、染みもところどころについてページは黄ばんで脆くなっており、何枚かはセロハンテープで補修されていて、それさえも古くなって長い油脂の跡が残っている。リリ・バルバラは両親の誕生日と自分、バルバラ・リリ・ロベルトの誕生日と、両親が結婚した日と離婚した日の、それぞれの日付を確認した。それから母の命日とされる日も。彼女はそれが書かれている行に、なんども指をすべらせる、言葉に触れてその真実性を確かめたいとでもいうかのように。「出生証書の抄本」のページを念入りに調べ、ふたりのあいだにリリ・バルバラ以外の子供がいないか、あるいは父が隠していたかもしれない以前の婚姻関係がなかったか、あるいはまた、ひょっとすると母に婚外関係などなかったかを確かめた。同父異母か同母異父の義兄、義姉、死産した弟、数日か数時間しか生きられなかった妹。しかし手帳に記されているのは彼女だけで、彼女のページのつづきはまっさらだ。彼女はほっとすると同時にがっかりもする。

秘密はないんだ、結局、どこにも。ただ、いまはもう萎《しお》れた真ん中が黒いぶつぶつの大きな紫色の花びらのアネモネが、彼女の出生届のページに挟まれていただけだ。ファニーとガブリエルのふたりのあいだの唯一の子供である彼女のページに。花はかさかさに乾燥してぺしゃんこになっていて、結晶の細い薄片の寄せ集めのようである。放っておいてもぼろぼろに崩れる。花は真ん中を黒く縁どった水蒸気さながらの薄い跡を紙のうえに残し、彼女の苗字、三つの名、生まれた日付と場所をぼかす。煤《すす》の真ん中を囲む青紫のまるい跡。誰が、父と母のどちらがこの花を摘み、彼女の誕生の登録のうえに置いたのだろう？　愛撫、微笑み、加護、お守りとして？

アネモネ、風にむかって咲く花。でもどの方角から伸びてきたの？

たとえ秘密があったとしても、その痕跡がなにもなかったら果たしてそれは重要なのだろうか、とリリ・バルバラは思うようになる。そして、ある出来事が間違いなく起こったとしても、なんの思い出も残らず、それを知る人もなにも教えてくれないとしたら、その出来事にはなんの意味があるのだろう、と彼女は自問する。その出来事はつまり、消されたことになるのか、現実から取り除かれたことになるのか？　だけどどうしてある日起こった出来事が、誰にも知られないままでいるとか忘却の彼方に永久に消え去ってしまったとかいうだけで、無に帰すことになるのだろう？

またその反対に、想像による事柄でも、ずっと強く信じつづけてその人の一部を成すまでになったら、その事柄は事実になるのだろうか？　現実とフィクションの境目はどこにあるのだろう？

　これらの疑問を、リリ・バルバラは父の埋葬でひさしぶりに会ったジャンヌ＝ジョイ、ポール、そしてシャンタルに投げかけてみる。彼らガブリエルの三人の義理の子供たちは、子供から成人になるまでの過渡期に父親代わりをしていたその人に最後の別れを告げに遠くから駆けつけた。いまではもう、彼らよりも年上の人は誰もいない。彼らが先頭に立ち、すでに二世代も若い者があとにつづく。

　現実と想像の境界線は、互いに浸透し合う以上のものだと思うわ、ジャンヌ＝ジョイは言う。若かりし頃の母のつかの間の恋で彼女は偶然生まれたが、その母の相手の男についてはなにも、あるいはごくわずかしか知らない。けれども彼女は、唯一自分が思いのままに使える方法、すなわち想像と直感によって何年ものあいだこの問題を追及しつづけ、その結果得られたものは、それがたとえどんな気まぐれなものであろうと彼女の一部となった。父親を知らないがために子供の頃に想像で創り出したことのいくつかは、やがて、もちろん知らぬ間にだが、自分の心のなか、意識のなかのほんの片隅にすべりこんでいると彼女は確信している。それらはとめどなく積もりに積もって、それに加えていろいろな考えや感情がなぜだかわからないがどこからともなくときどき浮かんできては、ひそかに心を悩ませる。ポール、あなたの場合は息子としてだけど、お母さんから告白があったあと、なにも手がかりはなかったのにその秘密に関してずっと前からなにかあるなと思っていたって言ってなかった？　そのとおりだよ、とポールは言う。それにもしお母さんが、緊迫と恐怖の最中その場しのぎで僕が養子になったときの話をしてくれなかったとしても、その惨劇が実際に起こったのだということはこの先永遠に残るし、執拗に追われて命を絶たれた女性が存在していたこともこの先永遠に残るし、その女性が僕の母親であることもこの先永遠に残るし、その女性には歴史と過去があって、殺されたということもこの先永遠に残るし、この世に生じる数えきれない出来事のなかからこれらすべてのことはなにひとつ切り離されるものではなく、たとえその惨劇を招いた連中がどれだけ否定しようが、沈黙のなかに埋めようとしようが、しつこく襲いかかるんだ。それが人殺したちの失敗だね。奴らは自分たちが犯した罪のあらゆる証拠を破壊して、被害者たちの記憶までも消そうとして、まるで何事もなかったかのようにしようとする。でもそんなことをしたところで、どんな些細な人生にも、もう元に戻すことのできないなにかっていうのは残るんだ、ずっとね。この世に起こったいっさいの出来事は、それが大きかろうが小さかろうが、悲劇的だろうが取るに足らないことだろうが、取り消すことはできないし、たとえ気づかないほどだとしてもすべてのことに結果が生じている。そうね、とジャンヌ＝ジョイがつづけ、彼女はソフィーのことを思い出しはじめるが、たちまち彼女の声は弱まり、言葉をとぎらせ、突然考えの筋道がたたなくなって脇道に逸れ、音楽の話を息切れしたような調子でしはじめる。すべてが休符や急激な変化、曲折、緩慢な変化、記憶の流れや永遠の忘却、反響、消去とくり返しで区切られた音のつながりなのよね、わたしたちの人生のように。実際に、とシャンタルが言葉を継ぐ。すべては原因と結果のつながり、とりわけそのふたつの極のあいだの絶え間ない循環なのよ。だからわたしたちはほとんどいつも、もうどっちが先でどっちがあとなのかがわからなくなる。人生はアクションとリアクションのひしめき合い、作用と反作用、はね返りや衝突、からみ合い、そして断絶の途方もない作用なのよ。そして彼女は長らく一緒に働いたピナ・バウシュのバレエ作品について話しながら、自分の意図をわかりやすく説明する。ピナはわたしたちに己の孤独の原子たちを見せてくるの、と彼女は言う。この原子たちは渦巻きながら揺れていて、切り離すことができないからいつも闘っているの。魅力と委縮、抱擁の欲望と拒絶の欲動、やさしさの苦しみと暴力のほとばしり。

ポールは、大昔の宇宙の振り付けの話を持ち出す。彼は、本当のところ神が存在するのか、それとも苦しみもがく人間たちによる創造物にすぎないのか知りたいとは思っていない、どちらの主張も肯定できる、と言う。彼は〝創造物〟という言葉を肯定的にとらえていて、自分たちが死する運命にあることを知った人間たちの恐怖や苦悩からにじみ出た幻想としてではなく、発見、ひらめき、啓示の意味としてとらえている。そして、もし神が想像の産物だとしたら、それはかつて人間が発明したもののなかでもっとも素晴らしいものだ。このダイナマイトと樹液と酵母のごた混ぜのようなものをこの世に導入したことで、この世はうちに閉じこもって埋没することがなくなった。この世を揺さぶり、貫き、内側からふくらませて、風穴をあけて、この世に栄養を与えたんだ。だって寓話や空想を食べるのは架空のものじゃない、現実こそが想像の産物や空想や欲望を食べるんだから。そう、と彼は強調する。相互に活力を与えあって、照らし合い、影を落とし合うんだ、果てしなく。そうかもね、とシャンタルは認めるが、すぐに、自分はまだその想像の産物には無関心で、さもなければ疑い深く、反抗的であるときっぱり言う。そしてつけくわえる。このことに関しては、ガブリエルとわたしはふたりとも意見が一致していたわ。〝伝説の神〟なるものにわたしたちは一度も魅了されたことがなかったし、〝基本前提としての神〟に説得されたこともなかった。ママのほうは、この問題についてどういう意見だったのかよく知らない。ママは話さなかった。そこで、彼女は人生を信用していたのよ、とジャンヌ＝ジョイが答える。彼女はわたしには到底できないほどに人生を信用していた。いずれにしても、人生を愛していた。それは信仰のなかでもっとも美しいものだわ。そうでなくとも、いちばん有益よ。

たしかに、とリリ・バルバラは思う。両親はよく話し合っていたが、でもそれはふたりのあいだ、大人同士のあいだだけで、子供たちとはあまり話さなかったし、ある種のテーマに関してはなおさらだった。みんな互いの信条の裏側までは踏み入らなかった。自分たち自身の信条ですら入ることは稀で、ときどき入ったとしてもほんの一瞬だった。闇や、未知や、迷宮や、罠があちこちにあることを恐れて。ポールだけが勇敢にもそのなかへの冒険を試みたが、それは彼にはそれ以外に選択の余地がなかったからだ。なぜなら彼は、自身の言葉によると、「竜巻と一筋の光によって」捕らわれ、背中を押されたから。リリ・バルバラは、子供のときに捕らわれた無知と無理解の感情から完全に解き放たれることがなく、疑いの連続だった。しつこく悩ませてくる不確かさとうまく関わって生きていくことを覚えるまでには、たくさんの年月が、数十年もの歳月が必要で、マテューと出会うまでずっとかかった。一方ヴィヴィアンは、実際のところ長々と話す必要のなかった自分の人生を、あんなにも優雅で精力的な聡明さでもって全うしたのだった。

## 48

彼女は湖に面したベンチに座っている。午後が終わりに近づいて、太陽が地平線に連なる山々のむこうに沈んでいく。太陽は山々のまるみを帯びた塊に磁力で吸いよせられるように、一定のリズムで近づいていく。だんだんと金色が薄くなっていき、硫黄色の、鮮やかな黄色から淡い黄金色へと変わっていく。赤みのない夕暮れだ。しかし太陽は、その強烈さをまったく失うことなく、この沈みゆく太陽は、青の、光沢のある灰色がかった瑠璃色の帯が段々を成して広がり波打つ空と水面にプラチナ色の光を放ち、何層にも広がって、またべつの青や灰色、青灰色から銀色までの色彩を帯びる。すべてがゆっくりと動く。ほのかな光、色の流れ、遠くでばらばらに進む小さなヨットたち、湖岸からすこし離れて冒険に出た釣り人たちのボートのまわりを旋回するカモメたち。彼らの黒い弧を描く釣竿は、ほとんど震えることがなく、ときどき動いては曲がりくねった象形文字をスケッチする。アヒルたちが数珠つなぎになって平底船すれすれのところをすーっと泳ぎ、その行進を区切る短くよく響く鳴き声は、おなじく調子っぱずれだがもっと鋭いカモメたちのわめき声と呼応する。水浴をしている数人の人たちが水のなかではしゃぎまわっている。白鳥たちが砂浜にひっくり返して置かれているボートのうえにとまって、頭を翼のなかにうずめながら眠っている。自分たち自身のなかにくるまった彼らの巨大な体は、もうすぐ夜になるその光をとらえ、いっそう明るくし、極限まで鋭くする。やがてそのうちの一羽が目を覚まし、首を伸ばして翼を広げ、よたよたと重い足取りでボートの縁を歩きながらねぐらを去る。その白さは輝いている。ひとたび飛び立つと、白鳥は優美で力強く、新雪の純真と化す——その肉体は雲となる。風は絹のようにやわらかいが、強まってきた。

彼女が座っているベンチは、湖に突き出た土手のうえにある。美しい眺めだ。彼女の記憶は、光の放出と青の流出と一緒になってゆっくりと動く。ときに紫色を帯び、ときに緑色を帯び、そして乳白色になるまで白んでいく。彼女はそこに、水の底に眠る自分の思い出をかき集めるのに苦心する。まだ子供の頃、クリスティーヌが亡くなるまで両親が毎年夏になると借りていた畑と木立のなかにある家で過ごしていた、ヴァカンスの思い出。あれ以来、一度も来ていなかった。そこは小集落とも言えないほどのところで、通称ラ・カペル・ポレットと呼ばれていた。そこからほど近いところに、流れが予測不能の小さな小川が流れていて、何週間も干あがっているかと思えば、嵐の数時間後には増水している。くぐもった声のする野蛮なスーズ川は、ある日彼女の心を激しく揺さぶり、それが彼女のなかで完全に消滅することはなかった。いまとなっては湖の沈黙のなかで口を閉ざされた、セイレンの声を持つスーズ川。

家、その庭、家を囲む畑と牧草地、木立、納屋、共同洗濯場と井戸、菜園と近所の農家の庭、学校、教会、広場とビストロ、市役所、近くの村の店、道の交差点に立つ石や木でできた十字架、小さな池、小径と乾いた石の低い石垣、小川、川、すべてが消滅してしまった。彼女の眼前に、堂々と、そしてこんなにも静かに、こんなにも美しく広がる、一面青やくすんだ薄紫色の光沢を放ち、にがよもぎ色に照り返す人工の池湖に飲み込まれて。白いヨットたちは倒れずに枯れて腐った木々のうえを航行し、アヒルたちは崩れた鐘楼と屋根すれすれのところを列になって進み、ボートは泥でふさがった井戸と道のうえを揺れ動き、泳いでいる人たちは失われた小川や川から移しかえられた水のなかでクロールや平泳ぎをし、魚たちは鮮明な影を落とす。

すべてが消滅してしまった。そしてそのことを彼女は知らなかった。大幅に遅れて知ったことが、ここにもうひとつあった。父の死と、義理の兄姉たちとのつかの間の再会のあと、自分が好きだった、家族みんなが好きだったこの場所をもう一度訪ねてみたくなった。オークルの石の家、藤の花房のしたの崩れそうなトンネル、心ゆくまで実を摘んでいた果樹、そして芳醇な香り、虫の音でいっぱいの静けさ、ときおりすさまじい勢いで通り過ぎて二本の木のあいだに干していた洗濯物を巻きあげていた燃えるような風、昼寝の時間に彼らの寝室の壁や床で揺れていた、鎧板《よろいいた》で遮断された日光の断面。そして畑や森、ぶどう畑のなかへつづく隠れ道、水辺でのピクニック。自由な、興奮に疲れ、浮かれた体。

かつて毎年夏になるとこの田舎で受けていたおびただしいほどの感覚的な印象は、彼女のうちににじつによく染み込んだので、それらはいまでも肌のしたで孵化《ふか》し、いつでも蘇らせることができる。そのために彼女はここに来たのだ、ひとりで。最寄り駅まで電車に乗ってきて、そこからは車を借りて記憶を頼りにラ・カペル・ポレットへの道を探したが、どこを見てもこの通称名は見当たらず、周りの村々の名前すら見つけられなかった。道行く人に訊ねてはじめて、これらの村がもうずっと前から存在しておらず、ダム湖の水底で朽ちているのだということを知った。そしていま彼女はここにいる。ベンチに座って、夕暮れの青みがかる光のなかで惨事の美しさに見入っている。懐かしさも悲しさも、怒りも、落胆さえも感じることなく、ただこのとてつもない広さと穏やかさに、馬鹿らしさにも似た驚きを感じる。というのも、つねに濃さを増していく青にゆっくり冷たく溶解していく空や大地や水面に、この巨大で完璧に平らな静寂が広がっていくのだ。

すべてが消滅してしまった、知らぬ間に消えてしまった。彼女は時が通り過ぎるのを見なかった。彼女のなかには、疑問や喜びや不安や夢のなかで無傷なままの子供だった頃の彼女が、嫉妬と希望に憔悴した喪によって傷ついた思春期の頃の彼女が、さまよう若き女性、恋をしてとても陽気な若き女性の彼女が、強情で懐疑的で社会の周辺で生きる人、押し型と色に熱中したアーティストとしての彼女が住み着いている。彼女たちはみんなそこにいる。あまりに静かに根深く一体化しているためにいまでも存在する過去のなかに立って、目を大きく開いて。過去の肉体、現在の肌。彼女たちはみんなそこにいる、過去の一日一日の彼女が。スーズ川の河床の跡や、家々の廃墟、水没した村々、場所と名前の残骸、そこに生まれ、暮らし、死んでいった人たち、あるいは彼女とその家族のようにそこに滞在した人たちの影が、湖の底に消えるように。彼女たちはみんなそこにいる。明日にはもういない、この瞬間のありのままの彼女を見つめる彼女自身のこれらの同型の詩節は。そして彼女たちの周りには、知り合った人びとが、彼女が好きだったにせよそうでなかったにせよ関係なく、ぼんやりと通り過ぎる。しかしそれらの人びとは彼女のことを見ていない、見えていないようにすら感じる。それでも彼女はいまこの瞬間、父と目を合わせたい、彼の顔の美しい神秘に近づきたいと強く願う。彼が永久にこの世を去ったいまになってやっと、可視の明るさのなか、可視の偽りの明白さのなかでは見出せなかったことが垣間見えるようになる。弱くてもとても澄んだ新しい光が消えた不可視が、こっそりと可視を一変させながらあらわれあふれ出すためには、生者のいっさいが消費され、使い尽くされなければならないのだろうか？　いまになってやっと、彼女は顔や生命の神秘がどれだけ豊かで、汲み尽くせないのかを感じる。

いまでは日が完全に沈み、日の光が闇へと溶解するのも終わった。夜の黒い肌、星の火のついた肉体、湖の黒い肌、瓦礫《がれき》の木質や無機質の肉体、大地の黒い肌、血の流れる生者の肉体、灰になった死者の肉体。時間の黒い肌、母ファニーの水をふくんだ肉体、父のきらめく肉体が、そこに、生きる彼女自身の体内にある。忘却の黒い肌、記憶の混沌とした肉体、愛の、深い悲しみの、そして恍惚の、風にさらされた肉体。

彼女は時が通り過ぎるのを見なかったが、今夜、彼女はそれを感じる。重くしなやかに、濃く、霧となって彼女のうちに積み重なるのを。時は固まっておらず小さく呼吸し、彼女の血液中を流れ、心臓のなかで脈打ち、肉体に、感覚に、脳に血液を送る——時は彼女のなかに巣を作る。いつか逃げ出すだろう、彼女の家族たちから立ち去ったように。ナティからこっそりと、クリスティーヌから急ぎ足で、ヴィヴィアンからいきなり、ソフィーから控えめに、ジェフから乱暴に、父から極めてゆっくりと立ち去ったように――毎秒立ち去るように、いまこの一秒も、世界中の無数の人びとから立ち去るように。そしてそのあとは、そのあとはどうなるの？　そのあと、わたしたちはどこへ行くの、なんになるの？　母と赤ん坊の自分が写った写真の前で幼少期に抱いた疑問は、長らく彼女のなかでくり返されてきたが、未来に対しての茫然自失が過去のそれよりも勝り、また答えの欠如を前にしたときの眩暈は、過去のそれよりもっとずっと強い。前は、実際はどうでもいい。もう乗り掛かった舟だ、賽《さい》は投げられた。だけどあとは、あとはどうなるの？

　時間の黒い肌、死者たちの非常に生き生きとして感受性の強い肉体、疑問の凍てつくように黒い、焼けるように黒い肌、相も変わらず不確かな答えの震える肉体。

# 49

彼女は景色を眺める。単調な、一面灰色にくすんだ、優美とは言えない景色だ。巨大な風車の群れがいきなり裸の畑のなかにあらわれ、風景の味気なさを壊す。前の日に来たときには気がつかなかった。白いプロペラの羽が鉛色の空を背景に風をかきまわし、風車の支柱や腕とおなじくらい鮮明な、ほとんど強烈なまでに白い雲の群れが地平線へと流れていく。太陽は機械に引き裂かれたがごとく姿を消してしまっていて、唯一の光は、これらのこのうえない輝きを持ち点在する断片だけ、これらの全力で回転する金属品だけ、そして流れ出る靄だけだ。朝っぱらのこの見えないエネルギーたちの音なき闘争は、景色を美化し、この瞬間を押し広げる。どぎつい白の輝きに攻撃された、銅色やスレート色をした虚無の美しさ。リリ・バルバラは額を窓ガラスに押しつけて、眠りに落ちる。虚無が彼女に浸透し、彼女は夢を見ることなく、影とほのかな光の渦のなかを漂う。

鋭い音が彼女をまどろみから引き離す。電話が鳴る音だ。すかさず悲壮感漂うフランス語なまりの英語で用件を話す、甲高く切羽詰まった声がする。長々と話しつづけるので、いらだちによる不穏な空気が車室のなかに漂いはじめる。乗客のなかでひとり、毅然と立ちあがり、このうるさい人に呼びかけて、われわれにあなたの無駄口を押しつけないでいただきたい、と言う。若い長広舌屋は横柄な口調で、仕事なんだ、と答える。わたしはお客や同僚や上司の電話には出ないといけないんだ、申し訳ないが仕方がないんだ、ほかにどうしようもない。「そうかい」とまたべつの短く整えられたごま塩頭の快活な男が言う。「仕方がないから、仕事上の緊急事態の場合は議論の余地がないわけだな。それならわたしも仕事にとりかかろう。よろしいですか?」そして彼は自分の座席の前に広げたテーブル板のうえに置かれた細長いノートを手にする。ノートを広げ、なんとも大げさな動作でそれを開いて、目の前に持って、そして歌いだす。「**流れよ、我が涙よ、汝の泉より流れ落ちよ！ 永久に追放され、嘆き悲しませてくれ。夜の黒き鳥が悲しき汚名を謳う場所で、独りわびしく生きさせてくれ**……」彼の声は鋭く力強い。驚きと賛美の声が車室中からわき起こる。ただひとり、美しい調べの涙を流すカウンターテナーの歌があまりによく響きわたるために通話を遮られてしまった忙しい若者を除いて。ジョン・ダウランドの曲が彼を黙らせた。調べの終わりにたどりつき、歌い手は楽譜をふたたび閉じて邪魔ものにむかって言い放つ。「すくなくとも、こっちは綺麗な英語だ！」そして座り直す。聴衆は楽しくなって喜びながら、拍手喝采し、何人かは「アンコール！ アンコール！」とさけび求める。歌い手がなかなかこの要求に応えないので、ひとりの女性が立ちあがり、通路の中央に進み出て代わりに引き継ぐ。今度は、涙はドイツ語で繰り広げられる。「**憐れみたまえ、我が神よ、滴り落ちる我が涙のゆえに！ これを見たまえ、心も目も御身の前に激しくもだえ泣く。憐れみたまえ、**

我が神よ」彼女はさっきのオペラ歌手とおなじ調子で歌うものの、どうもプロではないようだ。彼女の低い声はきれいだがちょっぴり不安定で、それにただでさえいきなりアカペラで、しかも全力疾走する電車のなかで歌っているのだから、いっそう上手に歌うのは難しい。けれどもこのコントラルト歌手はそれらいっさいの障害を乗り越え、もしかしたら面白半分で、自分自身の挑戦として、単純に楽しみとして、あるいは聖歌隊ではプロにしか任されていないこのバッハのアリアへの愛で、見世物を提供する。彼女が歌い終わると、カウンターテナーのときとおなじだけ喝采が送られる。カウンターテナー歌手は立ちあがって彼女を賞賛し、あいさつ代わりに、あるいは自分の威厳を再度主張するために、ヴィヴァルディのカンタータを歌いはじめる。「私は泣きうめき、ため息をつきそして苦しむ、心のなかの……」しかし、抗議の叫びが彼の高揚をすぱっと断ち切る。みんな順番だろ。電話の男が廊下に飛び出た。「もういいよ、わかった、あんたは声量があるけど、でも俺は節回しとリズムで、それにフランス語でやってやるよ、素人さんたち!」彼はざらざらとして不調和な声で、かくかくとわずかに動きながら、すぐさま歌いだす。「俺はピストルを撃つ苦難をラップにして、てっぺんに向かって飛んでって、首都を見下ろし飛んでって。水瓶から注がれる原子力に向かって、火は輪っかになって、俺たちのところでは揺りかごよりも墓がある……」この新しい即興歌は聴衆をかなり困らせ、怒りっぽい数人の人たちは、ほどなくいらだちをこぼす。カウンターテナー歌手はそれらの人たちとは違い陽気な様子でこの見習いラッパーを眺める。歌の応酬が彼を楽しませているのだ。リリ・バルバラも、ひとりひとりが自分の小唄を、カンティレーナでもシャンソンでも、子守唄でもリフレーンでも、ドイツ歌謡でもブルースでも、あるいはヒップホップでもなんでも持ち出して、このはちゃめちゃなコンサートをつづけたいと思う。だけど、自分の番になったらどの歌を選ぼう？　あらゆるジャンルを吟味してみるものの、どれもピンとこない。すると、ある考えが浮かぶ。鳥の鳴き声、クジャクかモリフクロウの鳴き声なら真似をするのが得意だし、それか銀色のカモメにしようか？マテューと彼女は、ときおり鳥語で短い会話をして遊んでいて、彼はカラス科や蹼足《ぼくそく》類、なかでもカイツブリの鳴き真似が得意だ。

付き合いはじめた頃、ある日の夕食のあいだに、彼はどうして鳥に興味を持ち、鳥たちの鳴き真似ができるようになりたいと思ったかを話してくれた。十代の頃のことで、彼は学校の友達の家にいた。歌うように美しく響きわたる水の音に驚き、どこからその音がするのかを探した。友達が彼をアパルトマンのバルコニーに案内して、小さなテーブルに置かれたカナリアの入った籠を見せた。「ピポって名前なんだ」と少年は自慢げに言う。「誕生日にもらったんだ」くちばしを大きく開いて、ピポは不規則に明るく澄んだ音を奏でていた。マテューは籠とおなじ高さになるようにテーブルのそばでしゃがんだ。とても淡い黄色の羽をしたカナリアのこんなにもか細い体と、その鳴き声の輝く突き抜けんばかりの音との不釣り合いに、彼は戸惑った。こんなふうに囚われの身になっていることに彼は憤慨し、この鳥を自由にしてあげたいと思いつつ、いつまでも聴いていたいとも思う。そうして彼はこの滝の、銅の鐘の、雨と太陽の声を持つちっぽけな鳥に対する感嘆の思いと、そうさせようと思えばできるこの鳥が飛び立つところを見たいという思いとのはざまで揺れていた。その瞬間、誰かがバルコニーに出てきた。三十代のごく平凡な感じの男性だ。その人は、満足げな様子で手すりの前に仁王立ちし、近くにいる者には目もくれず、くぐもったゲップを立てつづけにした。それが彼のむさぼり喰ったばかりの美味しい食事への感謝のしるし、消化の祈りだったのだ。カナリアは黙ってしまった。マテューはあいかわらず籠にむかってしゃがんでいたのだが、鳥が止まり木のうえで突然動けなくなり、くちばしを閉じて、極めて醜い音のゲップを出した二足動物のほうに頭をむけるところを見た。そしてこの瞬間、彼は自分が人間という種族に属していることを恥ずかしく思った。

「**俺はホールにあふれかえる奴らに声を大にして訴える。俺は与えた、俺が反抗を口にすると国は震え上がる、闇のなかにいる兄弟たちみんなのためにアルセニックはある、俺はボルトを上げて**……」若者はあいかわらずますますリズムを際立たせながら歌いつづけ、みんな彼がヒートアップしてきていると感じる。実際、彼はボルテージを上げている。リリ・バルバラは、行進するカンムリカイツブリの鋭くトランペットのような長いビブラートを発し、ボルタ電池ラッパーの歌を乱暴にさえぎり、ほかのすべての旅行者をとびあがらせる。とうとう、彼女の声は力強く響きわたる。その声は車室を満たし、電車の音に覆いかぶさり、空間と時間を満たし、廃墟が水底で崩壊している湖の沈黙を支配し、風に向かって、メランコリーにむかって吹く。その声はすべてを覆い尽くす。彼女の声はトランペットのように鳴り響き、鋭い音をたてる。ティーディー、ウーイ、ウーイ、ウーイ、ケック、ケックの鳴き声の嵐、がらがら声でクラー、カー、オーといくつか鳴いてうなり、それから高音へとふたたび上がっていく。人生はこの婚礼の歌に劣らない。「くそ！　まだ終わらないのか、まったく、このくそったれ！」と乗客のひとりがいらだつ。「いいえ」とふたたび人間の声を取りもどしたリリ・バルバラは落ち着いて答える。「終わったわ、もう駅よ」乗客たちは座席から抜け出し、廊下にあふれ出て、荷物をまとめていちはやく降りることしか頭にない。すでに、ほんのつかの間彼らを楽しませた、あるいは煩わせた風変わりな幕間《まくあい》音楽のことは忘れて。しかしそのうちのひとり、小さく腰の曲がった、灰色のウールのコートを羽織った年老いた紳士が、自分だけにむけて車両のステップを降りながら鼻歌を歌いはじめる。「終わったら、ラ、ラァ、また始まる、ル、ルゥ……フォックスのあとはボレロ、また踊りだぁす……宝くじにみんなが運試しに行くぅ……終わったら、ラ、ラァ……」リリ・バルバラは彼がホームをちょこちょこと歩きながら遠ざかっていくのを眺める。老人はいたずら好きのカッコウの足取りで歩き、過ぎ去る時間など気にとめない。失われた過去の時間が、捕えられずに近寄れない未来の時間に再利用されて流れる時間など気にとめない。死んでいる生、生きている死、新しい終わり、古い新しさ、忘れられた既知と知っている未知、不在の現在、ささやかれる沈黙、夜の充満、無の夜、そして光り輝く虚無。

# 訳者あとがき

本書はシルヴィー・ジェルマンの小説 *Petites scènes capitales*（2013）の全訳である。

シルヴィー・ジェルマンは一九五四年、フランスの中央に位置する都市シャトールーに生まれた。三人の兄姉たちとともに、副知事をしていた父親の仕事の関係で引っ越しをくり返しながら幼少期を過ごす。絵画や芸術に興味を持ちながらも、パリ第十大学ではエマニュエル・レヴィナスのもとで哲学を専攻し、人間の顔についての研究で博士号を取得する。パリの文化省に勤めながら一九八五年、最初の長編小説 *Le Livre des Nuits*（『夜の本』）を出版し、グレヴィス賞をはじめ六つの文学賞を受賞する。その後チェコのプラハに移住し、フランス人学校の高校で哲学を教えながら小説を書きつづける生活を六年ほど過ごす。一九八九年発表の三作目 *Jours de colère*（『怒りの日々』）もフェミナ賞を受賞。これまでに三十を超える小説を執筆し、そのうち十冊以上が英訳されているが、これまでに日本で訳されたのは高校生が選ぶゴンクール賞受賞の『マグヌス』（辻由美訳、みすず書房、二〇〇六年）のみである。

ジェルマンの小説には、神話的・伝説的な作風のものもあれば、より現実的なものもある。それぞれの作風は異なるが、彼女の小説では常に「起源の探求」、「無限の探求」、「アイデンティティの探求」といったものが描かれている。戦争や宗教の描写もほとんどの作品において見られるが、それよりも全面的に描かれているのは家族、愛の暴力性や優しさ、人の死と新たな命の誕生などである。

本書は、幼い少女リリが生まれたばかりの自分の写真を見て、そこに写る自分と現在の自分との間に生じる違和感から、自分はいったい「誰」なのだろうという疑問を抱く場面から始まる。生後間もなく母親が出て行ってしまったリリは、自分がいったいどこから来たのか、なぜ生まれてきたのかという疑問を常に抱いている。

父親が再婚し、祖母のナティが亡くなってから、リリはますます拠り所を失っていく。継母や異母兄姉たち（ジャンヌ＝ジョイ、ポール、双子のクリスティーヌとシャンタル）とは特別親しい関係にはならないし、唯一血の繋がっている父親は、自分を特別扱いしてくれるどころか、クリスティーヌのほうがお気に入りのように思える。また、兄姉たちがそれぞれダンスや音楽、道化師などの道に進むなか、リリはやりたいことも特別な才能も見出すことができず、左翼の過激派グループに仲間入りして共同生活をしてみたり、彫刻をやってみたりと一貫しない。愛する人を見つけ、ようやく落ち着ける居場所を見出すのは物語の終盤、人生も半ばを過ぎた頃になってからである。

リリがそのように地に足がつかない状態でずっといることの大きな要因の一つはやはり母親の不在だろう。母親の不在によって起源を失っているリリは、実存的不安に駆られており、なんとかして母親の手掛かりを見つけ出し、自分の起源を見出そうともがいている。そのため、彼女は常に現在よりも過去に目を向けている。結局母親に関する秘密など何もないのだということに気がつき、ようやく現在に目を向けられるようになるのは、先述したように物語の最後で、毎年夏に過ごしていた村がいまでは底に沈むダム湖を眺める場面である。そのときになってようやく、気づかないうちに時が目の前を通り過ぎて行ってしまっていたことがわかり、唖然とするのだ。

リリと同様にポールの母親に関する秘密もこの作品では描かれているが、この二人の「母親に関する秘密」は実に対照的に描かれている。まず、秘密を告白される前のリリとポールに関して言えば、リリはずっと秘密を知りたがっているが、一方ポールはずっと前からなにかあるとは思っているものの、その疑問を無視しつづけて過ごしている。というのも、ポールは、たとえ告白があろうとなかろうと、起こったことの事実の結果が今に繋がっていて、それは変わらないと考えているからだ。つまり、ポールは常に現在に目を向けているのである。

また、告白をする側であるリリの父親とヴィヴィアンにも大きな違いがある。リリに関しては、母親だけでなく名前に関する秘密も彼女のアイデンティティが揺らぐ原因となっているが、最初にリリがなぜ家では正式名のバルバラと呼ばないのかと訊ねると、父親はただ「間違いだった」としか答えてくれない。何がどう間違いだったのか説明してくれず、この答えはリリを混乱させるばかりだ。それから約十五年後、リリの二十歳の誕生日に父親はリリの母親や名前に関する秘密を明かす。しかしその内容は、それを聞いたリリが到底喜ぶはずもない内容で、リリはショックを受ける。だが父親はそのことにも、お祝いの席が台無しになっていることにも気がついていない。リリにとって、父親は適切な言葉を選んで説明してくれる大人ではなく、良き理解者でもない。その反対に、ヴィヴィアンは慎重に言葉を選ぼうとするが故に、ポールへの手紙を書き出すことができない。また、二十歳の誕生日を迎えれば大人だから告げようと安易に考えるのではなく、いつ告げるべきか長年悩みつづけていた。そしてとうとう、ある日、二人きりの場で、ついに秘密を明かすのである。このように対照的な告白を受けて、一方はもはや自分が何者なのか本当にわからなくなりさまよう羽目になり、一方は「幸せだ」とくり返す結果となった。

本書で描かれているもう一つの大きな秘密は、ジャンヌ＝ジョイの娘ソフィーの父親である。この秘密は物語の最後まで明かされない。秘密はすべて明かすべきなのか？　明かすとしたらいつ、どのように明かすべきなのか？　ジェルマンは秘密を明かす側、明かされる側、その秘密に関係する人びとのさまざまな視点に立ち、各々の葛藤や苦悩などを描くことで問いかけている。

ジェルマンは我々読者に問いかけるのである。第四十七章などまさにそうだ。事実とは？　フィクションとは？　リリの父親の葬儀に集まった兄姉たちは、それぞれの分野で培ってきたことや経験をもとに、三者三様の答えを導きだしている。以前、ジェルマンはインタビューでこのように語っていた――現代の人びとは過剰な物質に囲まれ、日々の忙しさに追われ、なかなか自分自身と向き合う時間を持とうとしない。自分や周りの人間に対して「無関心」でいることが一番怖いことだ――と。この作品に登場する人物たちは皆それぞれのやり方で自分や周囲の人間と向き合い、逃げることもあれば闘うこともあるが、いずれにしても無関心でいることはない。

本書は、読み手をして自分自身やその人生と向き合わせる契機となるのではないだろうか。

本書を出版するにあたり、ご尽力くださった白水社編集部の金子ちひろさん、私の拙い翻訳を丁寧に確認してくださった編集者の鹿児島有里さんに厚く御礼申し上げます。お二人にはタイトルの決定や装幀の選定においてもお力をお貸しいただきました。この作品は、初めて私がどうしても翻訳したいと思った作品で、こうしてご紹介できることを大変嬉しく思います。心より感謝しております。

二〇二四年三月

岩坂悦子

訳者略歴

岩坂悦子（いわさか・えつこ）

二〇一一年　上智大学文学部フランス文学科卒

二〇一三年　上智大学大学院文学研究科フランス文学専攻博士前期課程修了

二〇一七年　同大学院博士後期課程中退

訳書に『シャルロッテ』（白水社）

〈エクス・リブリス〉

小さくも重要ないくつもの場面

二〇二四年四月一五日　印刷

二〇二四年五月一〇日　発行

著　者　シルヴィー・ジェルマン

訳　者 ©　岩《いわ》坂《さか》悦《えつ》子《こ》

発行者　岩　堀　雅　己

印刷所　株式会社　三　陽　社

発行所　株式会社　白　水　社

東京都千代田区神田小川町三の二四

電話　営業部〇三（三二九一）七八一一

　　　編集部〇三（三二九一）七八二一

振替　〇〇一九〇‐五‐三三二二八

郵便番号　一〇一‐〇〇五二

www.hakusuisha.co.jp

乱丁・落丁本は、送料小社負担にてお取り替えいたします。

誠製本株式会社

ISBN978-4-560-09092-3

Printed in Japan